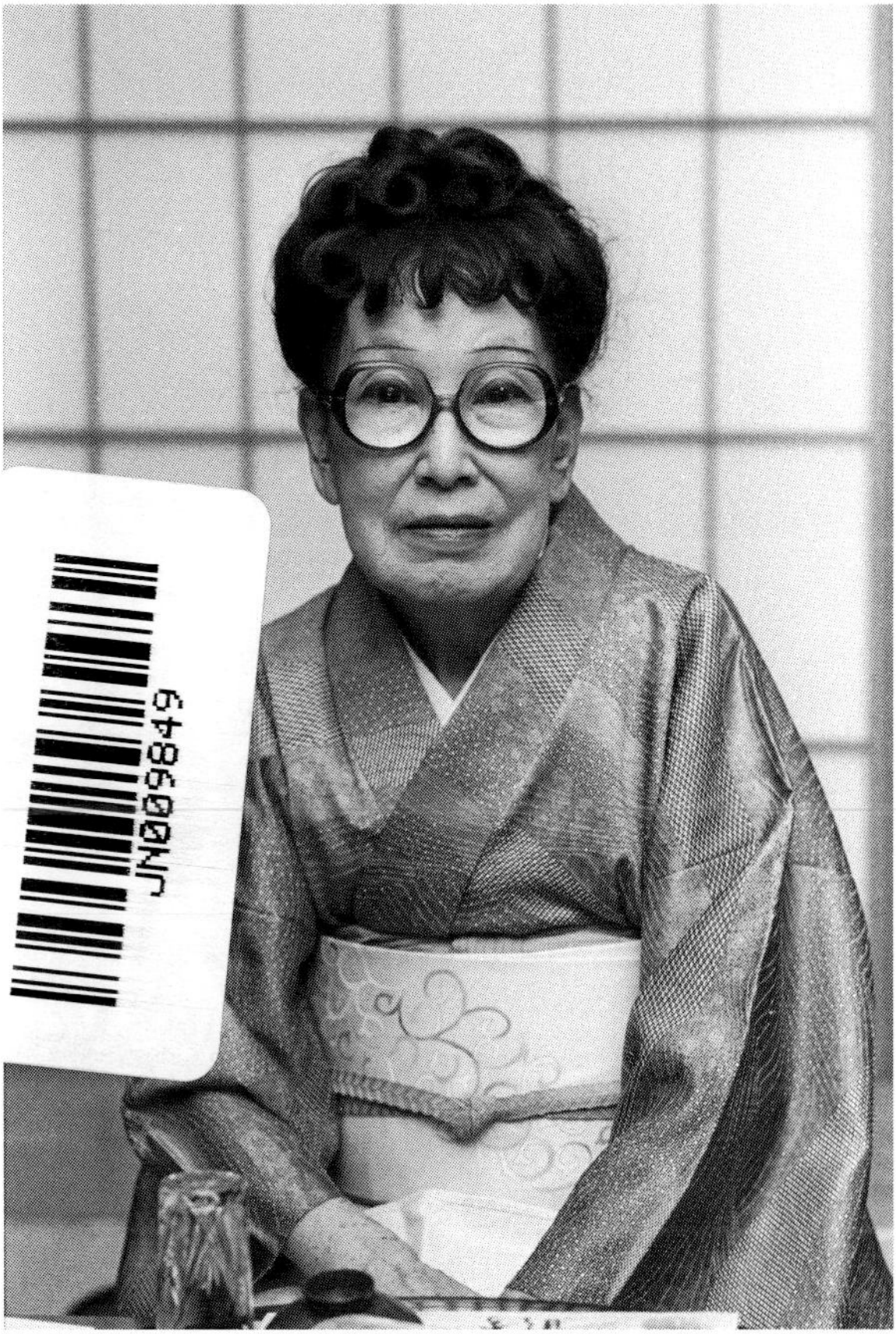

宇野千代（87歳）

中公文庫

九十歳、イキのいい毎日

宇野千代

中央公論新社

九十歳、イキのいい毎日　目次

九十歳、イキのいい毎日

暮しの中の私（83歳〜90歳）

暮しの中の私

自然の生命

青山の一角にあるビルの三階の、二間《ま》つづきの部屋に私は住んでいる。唐紙をあけてしまえば、ちょっと大きな一つの部屋になる。その中で食事もし、書き物もして、寝てもいる。私と言う人間が一人いるだけなのであるから、何も彼も一と目で見える。私ひとりが移動するだけのことで、それが一と目で分るのは、何となく便利である。

ぐるりには窓ではなく障子があって、障子のそと側にテラスと言うほどではなく、ほんの三、四尺くらいの出っ張りがあって、そこに幾つもの植木鉢をおき、この間は、小夏と言う名前の、甘い実のなる柑橘類の種をぱらぱらと蒔いたりした。

私は子供を生んだことはあるが、育てたことはない。早産をする癖があって、どの子も育たなかったからである。鉢に蒔いた小夏の種が十日くらいで芽を吹き、だんだんと濃い緑の葉が伸びて来るのを見ていると、何となく、これも自然の生命だな、と感じる。

朝、目がさめると、障子をあけて、小夏の芽を見る。ときには、日に三、四回も見る。同じときに蒔いた種だのに、育ちの好い芽と悪い芽とがある。悪い芽はだんだんに間《ま》びいて、いま残っているのは三十本ほどの稚い木である。あとはもう間びくのが惜しいくらいである。三十本の芽が全部伸びたら、この部屋のぐるりは、鬱蒼とした小夏の林になる。

しかし、実生《みしょう》のままの柑橘類は、実のなるまでになるのが、気の遠くなるほど先のことである。十年ほど前にも、ぽんかん種を、いまの小夏と同じようにして蒔いたが、一、二年たった頃に、うちにいる女の子の家が千葉にあるので、そこへ預けて植えて貰った。海辺の日当りの好い土地なので、いまは人の身丈よりも大きく育っているが、まだ実がならない。今度の小夏の芽も同じことである。どうしても継ぎ木をしなければ実がならない。継ぎ木をすれば、二年か三年で実がなると聞いているが、その継ぎ木の台になるのは、枳殻《からたち》の木に限ると言うことで、とにかく、この秋には枳殻の台木を探して貰うように、植木屋に頼んである。但し、今年蒔いた小夏の芽では、早過ぎて継ぎ木することは出来ないので、この小夏が継ぎ木になるまで育つのを待って何はともあれ、千葉に預けてあるぽんかんの木をちょっと一と枝伐って貰って、それを持って来て貰うことになっている。

まあ、こんな工合に、それからそれと私の仕事は続いて行く。退屈をすると言うことはない。一日の間の暇なときに、部屋のぐるりを、ひい、ふう、みいと数えて歩く。一万歩しか歩かない日もあり、一万五千歩あるく日もある。暑い日には、殆ど半裸体のようなものを着て歩いているので、最初の間は、よそのビルから見られているかと思ったりしたが、いつの間にか気にかからなくなって、見られていても、いなくても平気で歩くようになった。ビルの谷間の中であるのに、野原の真ん中に住んでいるような気持であるとは、われながら呆れたものである。八十三歳の老人の生活であるから、それが自然であるのかも分らない。

野原の真ん中と言えば、この部屋の床の間には、一年中、いつでも同じように椿の木が、葉の拡がりが優に一間半もあるような大きな椿の木が、根本から切って、信楽《しがらき》の大甕《おおがめ》の中に生けてある。椿の葉の群生しているさまは、威勢がよくて私は好きであるが、或る日のこと、その椿の葉の中のどこかで、りんりんりんと虫が鳴いている。山の土の中のどこかにあった虫の幼虫が孵化したのかも知れない、と思い、このビルの中まで来た自然の声を、面白く思ったものである。

私はこのビルの中から、表へはめったに出ないのが習慣であるが、ときどき、食べるものなど買いに出かけることもある。ここには、三十五、六年も住みついているので、道の両側にある八百屋、鮨屋、魚屋などとは顔馴染である。「今日は、蜆《しじみ》の新しいのが這入ってますよ、」などと言うことがある。ながい間のことで、私がどんなものを好んでいるかを知っているからである。

青山の大通りまで出るこの道は、長者丸通りと言う名前であるが、昔は長者と言われるような人の住んでいたところであったかも知れない。私の顔馴染の店々の間に、ついこの頃、大きな銀行のビルが出来て、幾らか長者町らしい風貌が見えて来た。私はいつもの癖で、あまり老人らしくはない足どりで、さっさと通り抜けるのであるが、二、三日前、私と同じビルの二階に住んでいる私の妹の息子が、若い女の子と手を組んで歩いて来るのに出会った。この息子はつい半年ほど前に、田舎の親類の家の娘を貰ったばかりである。

若い男が同じような若い女と腕を組んで歩いているのは、極く何でもない風習である。しかし、自分と身近な男の子が、女の子と腕を組んで歩いて来るのに出会ったりすると、ちょっとどきっとする。どうしてどきっとしたりするのかと不思議に思うのであるが、たぶん、それは、若いときにも老《とし》ってからでも、そう言うことを一度もしたことのなかった者の、羞恥に似た気持かも知れない。だが、ほんとうに私は、そんなことは一度もしたことがなかったのだろうか。一、二度はしたことがあったのに、あんまり遠い昔のことなので、すっかり忘れて了《しま》っているのではないだろうか。

昔のことをすっかり忘れて了うと言うのは、老人の生活にとって、必要なことかも知れない。ときどき、昔のことを思い出して書きたいと思うことがあるが、まるで忘れて了っているので、呆れることがある。中でも、思い出しては困るようなことは、大抵忘れている。あの人に対して、悪いことをしたな、と確かにそう思いそうなことまで、すっかり忘れているのだから、好い気なものである。私がこんなに安穏な気持で平気で生きているのは、どうも、この、忘れっぽいと言う気持のせいではないかと思うのである。あのときにはああすべきであったと思うことでも、じきにそのことを忘れる。

不思議なことであるが私は、自分が八十三歳の老人になっていると言うことも、大抵の瞬間に忘れている。もうじきに死ぬような年齢であるなどとは思っていないので、死に対しても、直接に恐怖すると言うことはない。七つか八つの子供のとき、夜、寝ていて、裏の竹藪を吹き抜けて行く風の音を聞き、「私が死んでもあの風の音は吹き抜けて行く、」と思うと、ぞっと背筋の寒くなるような恐怖を感じたものであるが、いまはあんな思いはない。凡《すべ》てに鈍感になっているのを、有難いと思うべきかどうか。

私は瀬戸物が好きである。ずっと以前に、金の這入って来ることの多かったときに、骨董屋の持って来る品物をあれこれと買ったこともあるが、いまは金がないので、ついそこいらにある雑器の、ちょっと古いものを見つけて、それで好いと思っている。

私の生れ故郷である岩国には、骨董屋と言うのではなく、古道具屋が三、四軒あるが、私の瀬戸物を買うのは、田舎へ帰ったときに、これらの古道具屋へ廻って買うのが殆んどである。せいぜい明治初期の皿小鉢の類であるから、値段も安い。ついこの間も、脚高の黒塗りの膳を買った。木の箱には廿人前と書いてあったが、開けて見ると、一人前欠けていて十九人前しかなかった。しかし、なかなか形が宜《よ》かったので、掘出し物をしたように、有頂天になったものである。なに、十九人前でも構ったことはない。この膳の上に列べる瀬戸物を揃えて見たいと思いついて、それからあとが大騒ぎになった。

一体に、何事につけても大騒ぎをするのが、私の癖であった。この年齢になって、もう恋愛はしないけれども、この大騒ぎの状態は、そのまま、恋愛をするときと寸分変ってはいない。ああ、また、これだな、と自分ながらおかしくなる。茶碗、さしみ皿、汁椀、湯呑など、それぞれ二十人前宛《ずつ》揃えると言うのは大変なことであるが、その大変なことなのが生甲斐である、と言うのも困った癖ではないか。

　まず、赤絵の魁《さきがけ》の茶碗を見本に送って、京都の五条坂の瀬戸物屋で、そっくりそのままの茶碗を作って貰った。この魁の茶碗は青山二郎から譲って貰ったもので、それを見本にして、そのままのものを作って貰うと言うのは、偽物を作って貰うと言うことなのであるが、焼き上って来たのを見ると、素人眼には、本物と全く同じものに見える。但し、五条坂の窯で焼いて貰うのであるから、ただ二十個だけ頼むと言う訳には行かない。一ぺんに百個は頼まなければならないので、残りの八十個はどうするか、と言うことであるが、何のことはない。本物とそっくり同じに出来たものであるから、うちへ人が来るたびに事情を話し、「これ、買ってくれない、」とすすめると、誰も可厭《いや》とは言わない。天啓の麦藁手《むぎわらで》の湯呑も百個出来て来たが、これも忽《たちま》ち、人が持って帰ってくれた。この広い部屋の中が、瀬戸物の荷をあけて、ごった返すような有様になるのも、それが愉しいのである。

　さて、小夏の稚木が三十本にもなるのには金はかからないが、瀬戸物が百個出来て来るのには多少とも金がかかる。何事を始めるにも、つい、数が大袈裟なことになるのは私の癖であるが、そのたびに金の工面に狂奔するのも、それほど可厭ではない。

いまでは十九人前の膳の上に、二十個ずつの瀬戸物類が揃った。この一揃いの膳椀で、客を招《よ》びたいものといつでも思うのであるが、一ぺんだけ、私のきものの客を招んだことがある。煮物、汁など、いろいろの料理を作ることは、なかなか大変なことであるが、その大変なことになるのが面白い、とは困ったことである。「いかが、この煮物はおいしいでしょう。この漬物もおいしいでしょう。」と客に訊いて廻る。私の作ったものは、どの料理でも旨くない筈がない、と思い込んででもいるように。

私は料理を作るのも好きである。朝晩、自分の食べるものも自分で作る。「料理はどう作らなければならない、と言うことはないのよ。どう作っても、旨ければそれで好いのよ。自分で作ったものを食べて見て、もっと旨くはならないか知ら、そう思って工夫していれば、玄人の料理からは外れていても、それで構わないのよ。」と言うのが私の癖である。この頃うちで作っている胡瓜の粕漬は、冷蔵庫の中へ入れて作るのであるが、目下のところ、うちへ来た人は、この漬物の切ったのを楊枝にさして出される。「どう、おいしいでしょう、」とやられること請合いである。

後悔する暇がない

私の生活は一日中、とても忙しい。人から見ると、まるで閑のように見えるらしいのに、どう言う訳か、それがとても忙しい。仮りに、一日を二十四時間に分けると、私は毎日、一万歩あるくので、それに要する時間が一時間半。おもてを歩くと車が危いので、家の中を歩く。私のいま住んでいるところは、青山三丁目の露路の奥にある「宇野ハイツ」と言う小さなマンションの三階で、広い部屋と狭い部屋の二間つづきである。

私はこのマンションを建てるときに、一部屋だけはとても広い広い部屋にしたいと思っていた。一万歩あるくためには、是非とも広い部屋が必要だからである。その広い部屋の中をぐるぐる歩くのに、万歩計などと言うものは使わない。「ひい、ふう、みい、」と数えて、百かぞえると指を一つ折る。正確に言うと、「ひい、」で二歩、「ふう、」で二歩であるから、その百が二百歩になる訳である。「数えるなんて、面倒臭いでしょう、」と人は言うが、それが面倒臭くなくて面白いから不思議である。

誰でもそうだろうと思うのであるが、私の暮しの中でも、一番時間がかかるのは、台所の用である。朝、昼、晩、の三食を自分で支度をし、食べ、茶碗や鍋のあと片付けをすると、一時間から一時間半くらいかかる。寝るのは夜ねるのと昼寝の時間とを合計して八時間。テレビはおもに夜見る。ちょん髷ものばかりを見る。その他、ほんの少しのものを見る時間を入れると、三時間半くらいは毎日見るかな。

そこで私が机に向って仕事をしているのは、ほんの三、四時間くらいのもので、あとの時間は、階段を下りて行って、きものの仕事をしている部屋へ行く。そこで、店の者たちとデザインの相談をしたり、雑談をしたりする。計算して見ると、これで二十四時間が全部つぶれる。いかにも閑そうに見えて、忙しい所以《ゆえん》である。

「それではいつ、麻雀をなさるんですか、」と問われる。前には、相手をしてくれる人があると、いつでも相手になった。しかし、八十三歳になったいまは、それでは困る。徹夜は絶対にしない。たとえ相手をしてくれる人があっても、ふだんの日はやらない。日曜日だけ、それも朝の十時から夜の十時までと言う決まりを、はっきりと守るようになった。年をとるとは、恐しいものである。

私は外出はあまりしない。人を訪問したり、パーティへ出かけたりすることも少なくなった。では、マンションのこの部屋の外へ出ることはないのか、と言うと、そうではない。自分の好きなものを買いに出たり、一週間に一ぺんは美容院へ行ったりする。「今日はかぼちゃの好いのが這入りましたよ。」とか、「今日は新しい蜆が這入りましたよ。」とか、両側の店々の人たちが言ってくれる。四十年近くもこの露路の奥に住んでいるので、私がどんなものが好きか、人々が知っていてくれるからである。

まァ、そのほかの外出は殆んどしない。旅行と言うのもあまりしない。旅行ではないが、那須と岩国にある自分の家には、ときどき出掛ける。この二つの家は私にとって、決して別荘などと言うものではない。あくまで、そこで生活し、そこで仕事をするところである。東京の青山の家の暮しを、そのまま移動するだけである。そこでも一万歩あるき、八時間ねむり、ほんの三、四時間、仕事をする。ただ、それらの三軒の家は、それぞれに家のあるぐるりの風物が、まるで変っているので、それに眼をやって愉しむのである。

東京の家はビルの谷間の中で、どの窓を開けても、すぐ前のビルの人たちと顔を合せる。しかし、ながい間の習慣で、私はそれらの人たちと挨拶を交すことはない。あの部屋の人は何をしているか、あの家族の商売は何か、まるで知らない。この、知らない、と言うことを、私は面白いと思う。窓と窓とで顔を合せるのは、言わば私人ではなく、公人である。そんなことを考えている。但し、一つだけ違った窓がある。

私が向き合う窓の中で、一番しばしば見るのは、うちの台所の真向いの窓である。私はその窓のそばで料理を作ったり、卓子の上に皿を列べてゆっくり食べていたり、食事がすむと、皿小鉢のあと片づけをしたりする。一日の中で一番ながい時間をそこで過ごす訳である。

ふと顔をあげて見ると、その真向いの窓に、きれいな女の人が前掛けをして、洗濯物を干している。そこは、とてもよく日が当る。しかし、洗濯物と言っても、その女の人の干しているのは、所謂《いわゆる》、パンツや靴下や肌着などの、ほんとうの洗濯物らしいものではなくて、眼もさめるような長襦袢や、ピンと張った下《お》ろし立ての帯や、それから、見るからによそ行きらしい着物や、凡て、ただの洗濯物とは言えない、高価なものばかりである。着物の好きな私の眼から見ても、ああ、きれいだなァ、と思うものばかりである。パンパンと勢いよく音を立てて、両手で叩いたりしている。毎日、干すものが違っている。

「あの女の人は何をしている人か知ら、」窓の向うの人には興味を示さない習慣である私なのに、或るとき、うちの人たちに訊いて見た。「あの人ですか。あの人は銀座のバアに勤めている人ですよ。夕方、支度をして出掛けるところを見ると、眼もさめるほどきれいな人ですよ。」ははっ、と私は思った。彼女は毎日、自分の着たものを人手にかけず、自分できれいに手入れをしているんだな、と思うと、私は何とも言えない爽やかな印象をうけたものである。

　那須の家のぐるりは、街中の東京とはまるで違っている。私は始めこの那須に、四十九坪の地面を買った。その上にたった一間きりのプレハブの家を建てて住んでいたのであるが、その中、金が出来るたびに地面を買い足して、いまでは六百坪になった。その地面のまん中に、細長い沢が流れている。やがて、沢の向うにも家を建てたので、両方の家をつなぐために、小さな木の橋を架けたりした。

那須の家のぐるりは、樹々が鬱蒼と茂っている。私はこの土地を手に入れるとすぐ、それらの樹々の中の、松、杉、檜と言う所謂、常緑樹は全部ぶった切り、あとには雑木ばかりを残した。高原の庭の雑木林がどんなに美しいか、目のあたりに見た人でなければ信じられない。春、木々に若芽が吹き、うす黄色から、うす緑に移行する庭全体の景色の、日々に色が変って行くその美しさは音楽的である、としか形容する言葉がない。夏はむんむんと燃え上るような濃緑色。秋は眼もあやな紅葉色。そして真冬は一面に真っ白な雪が何メートルも積ったその庭に、落葉し切って、幹と枝だけになった樹々が、鉛筆のように黒い影を落している、ただ黒白一色の単純無比な、哲学的とでも言うしか形容の言葉のない美しさは、何と喩《たと》えようがあろう。

そして、今度は岩国の家であるが、ここは建ってから百年も経った生れ故郷の古家を、私が昔のまま少しも形を変えないで修復したものである。ここでも昔から庭にあった、松、杉、檜の類を凡て引き抜き、三百坪の庭全体に、紅葉の木だけを百本ばかり植えた。十本枯れると十本植える、と言う風にして来たが、いまは七十本くらいしか残っていない。ここも那須と同じことで、春、夏、秋、冬で一せいに紅葉の葉の色が移行する、その美しさは信じられないくらいである。

こんな工合に私のすることは、思いついた瞬間に手を出すのが習慣である。だから、何をするのもばたばたとする。そして、自分のしたことをあとから見て、やり損ったなァ、などとはあんまり思わない。たぶん、ばたばたと早くやるから、後悔する暇がないのかも知れない。

とにかく、凡て好い気なものである。その呆れ返るほど好い気な私が、仕事をするときだけ、信じられないほどのろいのはどう言う訳だろう。一日も欠かさず机の前に坐る。坐ることだけは坐る。何を書きたいのか、それはよく分っているのに、それをどう書いたら好いか分らない。言葉を探している間に、とききが経つ。そんな私にも早く書けるときがある。そう言うとき私は、「筆が辷《すべ》る。」と言って、ちょっと筆をおく。おかしいではないか。

それは少しやり過ぎ

この頃の私の生活には少しの変化もない。毎日、同じことの繰返しである。いつ、こうなったのか分らないが、或いは自分が意識してそうしたのでもあったが、そうなったことを可厭だとは少しも思わない。このことをしてから、このことをする、と言う順序まで同じである。

しかし、人間の考えることは、その人の行動によって引出されることが多い。困ったことに、こうしていると、私の考えることまで、同じところにとどまる。誰か外から、私をゆり動かしてくれるものはないか、と思うこともある。私はじっとしていても、じっとしてはいられないようにしてくれるものはないか、と思うこともある。

ドストエフスキーの小説を読むと、或るとき突然、外側からぶつかって来るものがあって、否応なく、事件が始まる。それも、並一通りの事件ではなくて、血生臭い事件ばかりである。今朝、食事をしながら、ふと眼を上げると、前のマンションのテラスに、男と女とが腹這いになり、日光浴をしている。あれは日光浴と言うものではなく、肌を灼《ゃ》いているのか。いまは六月の半ばであるが、いまから肌を灼き、さも海水浴場で灼いたように見せるためか。そう言うお洒落のためか。しかし、眼を上げた途端に、いきなり男女の生々しい裸体を見た私は、どきっとした。あのマンションのテラスのある場所は、おとといまで、違った女が住んでいた。出這入りの多いマンションのことであるから、あの女がいなくなって、替りにあの男女が越して来たのか。ひょっとしたら、あの女は越して行ったのではなくて、ちょっとどこかへ出掛けただけなのか。その女の留守をねらって、あの男女が這入り込んで来たのか。私は自分の動かない生活から、他人の動いている生活を見て、どきっとしたのか。ドストエフスキーであったら、どこかへ行っていたあの女がいきなり戻って来て、裸の女の髪の毛を鷲摑みにし、引摺り廻すところか。せいぜい、それくらいが、私の空想の限界なのか。

「いつか、イタリヤか印度だったら行きたいと言うお話でしたね、」昨夜、友だちの一人がそう言って誘いに来た。いや、そんなことは言いませんよ、と、私は危うく答えそうになる。一と頃、印度へ行く気で、そのときの旅支度のために、幅の狭い帯を用意したりしたことがあった。それは以前、ルーブルで印度人の作った鳥の彫刻を見て、その魂をひき裂くような強い印象が忘れられず、印度へ行きたい、印度へ行きたい、と言うのが私の口癖であった。しかし、いまは、そんなことを言ったのが自分であるとは信じられない。私は印度へもイタリヤへも行きたくない。この家の中にじっとしていたい。そう答えて、相手を呆れさせた。

では、この家がそんなに好きなのか。家と言っても、たった二部屋きりのマンションであるが、一つの方の部屋は二十畳くらいある。そこに自分流の好きなものを置いて、毎日、それらの同じものを眺めている。やはり動くと言うことがない。私はどこへも出掛けない。たまに、このマンションから露路を抜けて、表の通りまで出て見ることがある。道の両側に、魚屋、八百屋、鮨屋が列んでいる。「今日は好い魚が這入りましたよ。」と言う。四十年近く住んでいるから、店の人たちが私の好きなものを知っているからである。

動きのない生活であるが、自分の食べるものは自分で作る。私は料理を作るのが巧い。もし、私の作るものに欠点があるとすれば、それがあまりにも旨過ぎると言うことである。もう少し、旨さを抑制した方が好い、といつでも思う。私の作るものは旨過ぎる。過ぎると言うのが欠点である。この間、那須の家に人を呼んだとき、あれこれと支度をしたあと、家のそとの雑木林の樹々の枝から枝に綱を張って提灯をつるし、庭中に灯をつけた。呼ばれた人は始めて那須の家に来た人であったが、遠くからでも提灯の灯が見え、あんなことをするのは、先生のほかにはないと思い、ここだと言うことがすぐ分った、と言ったあとで、「しかし先生、これは少しやり過ぎですよ。」と言った。幾ら歓迎すると言っても、これはやり過ぎだと言う。いつでも抑制が利かないと言うのか。ついい、五月、あれは桜の頃であったが、きものを作っている私の会社のために、仕事をしてくれる人たちを十八人、私の生れ故郷の岩国へ案内したことがあった。私はしばしば、この岩国へ人を呼ぶ。どこへも旅行と言うことはしないのが習慣であるのに、岩国へは年に幾度となく行く。行き過ぎる。誰かを案内して行く。五月、桜の頃に行ったばかりであるのに、また、この間も、知人を三人ほど連れて行った。同じところへこんなにしばしば行っても飽きない。東京から岩国まで、新幹線で、確かに六時間の距離があるのに、その六時間の距離がまるでなかったかのように、飛び越える。寝床で眼がさめると、どっちの家だったかな、と思うとは呆れたものである。まるで、二軒の家が続いているように錯覚する。しかし、人を呼んだときは、そこに人が介在するので、印象が少し違う。そのことにも興味がある。今度もまた、どこよりも先きに、錦帯橋を見せに行った。

橋の中ほどに立ち止って、「水がきれいでしょう。ほら、川底の小石や砂まで、透けて見えるでしょう。」と、いつでも言う同じことを言った。橋を渡って、川岸の堤のところまで行き、石人形を売っている屋台の店へ寄った。店番をしている男は、きめの細かい、女形の役者のような顔をしていて、まるで女の声色のような声で、何か嬉しくて堪らないことをでも話すときのように、低声《こごえ》で、「哀れな民話があるんですよ。この石人形は、昔、錦帯橋を構築したとき、人柱として生埋めにされた乙女たちの生れ替りとして、」と説明している。一体、こんな役者のような顔をした男が、こんな女形の声色のような声をして説明している話を、なぜ、ちょっとでも立停って、聞く気になったのか分らない。石人形は一つが一センチくらいの長さの、小さなものである。その小さな人形石を二つ、十円玉ほどの小石の上に列べて貼りつけたものに、一個二百円と言う札がつけてある。「その乙女たちの身替りとして、形が仏像や人形に似ているために、人形石と呼ばれています。人柱の身替りと言うその伝説のために、これを持っていると、災害や事故から、人や家を守ると言われているのですが、実は、あの錦帯橋の下の、あの澄んだ水の中にいる人形トビケラと言う昆虫が、小石を集めて作った巣なんですよ。」「その人形石を、わたしに五個下さい。」と言うと、一緒に来た三人の人たちもみな、わたしにも五個、と言って紙袋に入れさせた。男の説明を信じたのかどうか分らないが、たったいま、あの澄んだ錦帯橋の下の水を見たばかりの私たちは、その水底の砂の中から、米粒ほどの小石を集めて巣を作った何とか言う昆虫の話を、ちょっとの間、どうしても信じて見たくなったのかも知れない。男の声色も、役者のような顔つきも、この限りでは私たちの好奇心の邪魔には少しもならなかったからである。

それにしても、何十ぺん岩国へ来たか分らないのに、一度もこの人形石を買ったことはなかった。それだのに今度は、これを土産物にする気でいるらしいのである。

私はいつでも忙しい

靴を汚さないために

私が宮田文子と一緒にベルギーのブラッセルへ行ったのは、いまから三十年ほど前である。宮田文子の夫君である宮田耕三がそこに残って住んでいたので、しばらくの間、私たちも一緒に暮していたのであった。

そのブラッセルに住んでいた間に、一番記憶に残っていたのは、街の、人の歩いている通りが、吃驚《びっくり》するほどきれいであったことである。掃き浄めてある、と言うだけではない。両側の住民が、毎朝、その道の上を雑巾掛けをして、その上に、何かの塗料をでも塗っていたのだとしか思われないほど、ぴかぴかに光って、すべすべになっていたことである。

まア、何と言うきれいな通りであろう、と、私は溜息をついたものであったが、その通りの吃驚するようなきれいさに比較すると、宮田文子の家などでも、家の中はそれほど磨き立ててはいない。それを見て私は、ははァ、ブラッセルの人々は、自分の家の中よりも街の通りの方を、それこそ舐めるように、きれいに磨き立てているのだな、と思ったものである。自分の家の中よりも、街の通りの方をきれいにしていると言うことは、それほど人々が公徳心に富んでいると言うことだな、と思って、無闇に感心したものであった。

そして、東京へ帰って来てから、自分の住んでいる東京の街の中を見ると、それこそ、ブラッセルの街の中とは比べものにならないどころか、煙草の吸殻や残屑が落ちているばかりではなく、痰唾を吐き散らし、ときには、酔っ払いの吐いた反吐があったりして、やれやれ、と思ったものであるが、人の顔さえ見ると、「ブラッセルでは、」と言って、思わず説教をするところであった。

それが、最近では、ちょっと違うのである。ブラッセルの人たちは、日本の習慣とは違って、朝から晩まで靴をはいている。靴をはいたままで、家の中へ這入り、生活をしていて、その靴を脱いで素足になるのは、夜、ベッドの中へ入るときだけである。

家の中よりも、街の通りの方が舐めるようにきれいになっているのは、靴をはいて街中を歩いている間に、靴に泥やその他の汚ないものをくっつけて、家へ帰って来るようなことがあると、それこそ、困るからである。絶対に汚ないものをくっつけて帰らないようにするために、家の中よりも、街の通りの方をきれいにしているのだな、と、そう言うことが分ったのである。

これは何も、ブラッセルの人たちが、世界中のどこの人間よりも、公徳心が発達しているためではなくて、ただ単に、普通の、自分たちの生活に対する配慮に過ぎないのだ、と言うことが分った、と言う、まァ詰らない、ありふれた話なのである。

私はいつでも忙しい

私はいつでも忙しい、と言うと、人はどうかな、と思う。忙しくも何ともない、ゆうゆうとしているように見えるからである。これはずっと以前のことであるが、青山二郎が病気になって寝ていた頃、その診察に来ていた杉山博士が、或るとき、その次の診察日の予定を決めて、ポケットから手帖をとり出し、その予定日を手帖に書き込んでいるのを、そばから何気なく見ると、その手帖は真っ黒になるほど、いろいろな予定日でぎっしりと詰っているのである。

「まァ先生、そんなにご予定が一ぱいおありになって、どんなにかお忙しいことでしょう。申訳ありませんね、」と言うと、「いえ、なに、忙しくも何ともありませんよ。こうして、予定を組んでおくとね、片っ端から順序を立てて、仕事をこなして行けますからね、」と博士が笑いながら答えたことのあるのを、私はいつでも思い出す。なるほど、手帖はぎっしり予定で詰っていても、それを片っ端からこなして行けば、忙しくはない訳である。忙しいような気のするのは、予定を立てないで、あれもこれもと一緒くたにして、考えているからに違いない、と面白く思ったものである。

私はこの杉山博士の真似をして、手帖に予定を書き込んでおいたりはしないが、しかし、仕事の手順は、あれをすませてからこれをすると言う風に、あらかじめ考えておく。そうすると、案外、忙しくはないものであるが、いつでも、頭の中は仕事で一ぱいであるような気がして、忙しいと感じる。それで、いつでも人の顔さえ見ると、忙しいと言ってぼやくのであるから、そこのところが、杉山博士と違うのである。

それにしても、私のその、忙しい仕事と言うのは、まるで他愛のないものなのである。ものを書くのは、ほんとうの仕事であるが、あとは食べるものを自分で作ったり、その材料を買いに、青山の通りまで出る露路の中の店々を覗いたり、一週間に一ぺんは髪を結いに行ったりするくらいのもので、そんなことは日常茶飯のことに属するのであるから、何も忙しいからと言って、ぼやくには当らないのである。実は食べ物を作るのも、その材料を買いに出掛けるのも、ちょっと花屋へ寄って見るのも、半分は自分の愉しみのためであるから、それで忙しいなぞと言って、ぼやくには当らないのである。まァ、そんなことを言って、廻りの人に、何か言ったりするのが愉しいのだとすると、全く他愛のないことである。

愉しい、と言えば、いま毎週の日曜日に、『毎日新聞』に連載している、あの、「生きて行く私」と言う長篇を書くのが、これは仕事だと思うのに、何とも愉しい気がするのは、私の生涯においても、珍しいことである。これまでに私は、仕事が愉しい、と思ったことは一度もない。仕事は苦しいのである。仕事は苦しい、と決めていたのに、それが今度は愉しいのである。このことは、自分でも不思議であるが、仕事が苦しくなくて愉しい、と思うと、毎日、机の前に坐るのも、可厭《いや》ではない。あのあとを、どう書いたら好いか、と考えるのも、可厭ではない。可厭ではないことだけで、仕事が進むのであるから、何とも愉しいのである。

こんな具合に、何事も愉しいと思うことだけで済むのであったら、まことに有難いのであるが。私は毎夜、テレビを見ているのであるが、あの、丸井のコマーシャルのところまで来ると、「笑顔で着ればベスト・ドレッサー」と言うのに出会う。なるほど、笑顔で着ればベスト・ドレッサーである。何事も愉しいと思うことにしよう。

「遣る」と「上げる」との違い

この頃、テレビその他で、よく人が人に「何々して上げる」と言う言葉に出会う。花に水を遣ることを、花に水を上げると言う。犬に餌を遣ることを、犬に餌を上げると言う。何でも、遣ると言うよりは、上げると言う方が、叮嚀《ていねい》な言い方である、と思い違いをしているのである。

この思い違いは、大衆からテレビのアナウンサーにまで行き渡っている。私はその思い違いに出会うたびに、「あなた、それは違いますよ。上げるではなくて、遣るですよ。」と、一々、訂正したくなる。何とも聞き辛い思い違いであるからである。

正確に言うと、自分より身分の低いものに対しては、何々して遣る、でなければならない。自分より身分の高いものに対しては、何々して上げる、で宜い。いや、身分の高低ではないかな。動物や無生物や、その他の物体に対しては、何々して遣る、で宜いが、自分のことよりも叮嚀に口を利かなければならないものに対しては、何々して上げる、と言う。しかし、それも、自分にとっては父母兄姉であっても、そのとき話をしている相手によっては、その相手よりも低いものだと言うことを示すために、何々して遣る、と言う。「母にこうして遣りました。」と言う風にである。しかし、そんなことは、一々、ものを言うたびに、上げるにするか遣るにするかと考えることではなくて、私たちが日本語を使い始めた最初の習慣によって、つい、感覚的に口に出るものではないか。こんなことを改めて言ったりしなければならないとは、全くおかしな話であるが、しかし、上げると遣るとがごっちゃになっている現状は、私にとってはとても可厭なことだからである。

話に聞くところによると、フランス語の世界では、もう、大昔から、一言半句もその意味が変ったりするようなことはなくて、永世、昔のままのものがうけつがれていると言うことである。美しい限りではないか。

何でもこっちから追いかけて

私はいま、満八十五歳である。去年の五月に、菊池寛賞を貰ったとき、その祝賀会の壇上で、「私は麻雀が好きですが、その麻雀の点数を数えるときに、一二八《いちにっぱー》と言うことを言います。その一二八の百二十八歳まで長生きをする積りですが、」と冗談を言ったことがあるが、いくら何でも百二十八歳までと言うのは無理である。

世界一の長寿者と言われている九州の、何とか言うお爺さんも、いま百十六歳であるそうだから、せいぜい私も、百歳くらいまでかな、と思うと、あとに残っている年数は、そう多くはない。その間に、約束をしたことはみな果して了いたい、と思うと、妙に気が急《せ》くのである。約束したことは、何でもこっちから追いかけて行って、解決して置きたい、と思うのは当然である。私は買い物が好きであるが、買い物をしたら金を払わなければならない、と思うから、会社のことは別であるが、私個人には、借金は一銭もない。仕事もまた、約束したものは全部仕上げて了いたいと思うから、朝から晩まで、せっせと机の前に坐って書いている。男のことも、と言うと笑う人があるかも知れないが、男を追いかけるのが専門であった私も、いまはそんなことはない。

それにしても、凡てのことをし終って了って、そのあとの空々漠々たる空間には、何をしたら好いか。そのときこそ、人生の締めくくりは何であるか、と言う、そう言う大問題を考えなければならない筈であるが、果して私が、そんな大真面目な気持になれるものであるかどうか。

ここで、何にも考えないで、ゆっくりと昼寝でもすることが出来たら、そう言う心境こそ、お慰み、と言うものであるが。

ちょっとイカス話

ついこの間、小林秀雄さんの告別式に参列するために、青山斎場へ出向いたのであったが、そのとき、弔辞を読んでいた諸先生たちの何れもが、壇上へ上るのに、ちょっと足がふらついているのを見て、あれは、坐ってばかりいて仕事をしている人の習慣で、足が弱っているのだな、と私は思った。諸先生の何れもが、この私よりもずっとお若い。十歳か十五歳もお若いのに、私よりも足が弱そうに見えたからである。

私はいつでも、一日に一万歩あるいている、と言って、人に自慢するのが癖であった。しかし、この頃は、ときどき、それをさぼることがある。「毎日、一万歩あるいてらっしゃるのですって、」と訊く人があると、「いえ、この頃は、ときどきさぼることがあるんです。どうも、一万歩あるいたりしているよりも、気持を前向きにして、もの事を積極的に考えて生きて行くことの方が、大切だと思うようになったからです。」と答えることが多くなった。そして、無意識の間に、だんだん歩くのを怠けるようになった。

しかし、私はそれでも、青山斎場で見た諸先生たちよりも、ちょっとましだな、と思っていた。だが、その中には私も、諸先生たちと同じように、足がふらつくのではあるまいか、と思うと、それは困る、と思ったので、家へ帰るとすぐ、例によって、「ひい、ふう、みい、」と指を折って、歩数を数えながら歩いて見た。

すると、一万歩あるくのが、なかなかきついのである。途中で止めたくなるのを我慢して、最後まで歩くと、やれやれと思った。前には平気であったのに、いまでは、一万歩あるくのがきつい、と言う自覚は、ちょっと困った。私はあくる日も、そのあくる日も歩いた。きついのを我慢して歩いて見ると、やっぱり気持が好い。これで私は、決して足がふらつかないようになれる、と思うと、何とも言えず嬉しかった。

私はいま、満八十五歳である。あと三年たつと米寿の八十八歳になる。もう二年たつと、九十歳になる。九十歳になっても、ちっとも足がふらつかない、としたら、ちょっと、イカス話ではないか、と嬉しく思ったものである。

右側を下にして眠る

私は毎晩ねるときに、なるべく、右側を下にして眠るようにしている。左側を下にして眠ると、心臓が圧迫されて、体によくないからであるが、そうして眠るたびに、ドストエフスキーの「地下生活者の手記」に、同じことが書いてあるのを、きまって思い出す。いや、きまって思い出すのではなくて、わざわざ、それを思い出すために、右側を下にして眠るのかも知れない。

「地下生活者の手記」の中では、ドストエフスキーは、軍隊生活をしている或る兵隊が、上官の命令によって、寝るときには必ず、右側を下にして眠った、と言うことを書いていた。しかし、その兵隊と言うのは、たぶん、ドストエフスキー自身のことであったに違いない、と私は思い、自分もその真似をして眠るのだ、と、必ず改めて意識するのが私の習慣であるとは、何とおかしなことではないか。

自尊心があるために

誰の心の中にも、自尊心と言うものは隠れている。この自尊心があるために、人と人との関係が、何となく、ぎくしゃくすることがある。自尊心と言うものが隠れている間は、何事も起らないのに、一たび、ちょっとでも頭をもたげて来ると、面倒なことが起る。そのことを知っている人は、そのとき、ちょっと自分の自尊心をよそへ持って行く。人の目につかないところへ、隠しておく。自尊心なんか持っていなかったような振りをする。それに巧く成功すると、人と人との間には、案外、何事も起らない。自尊心をちょっとどこかへ隠す、と言うのは、何と言う便利なことであろうか。

あの支笏湖の「芋天」

私は台所へ立つのが好きである。朝はパン食、昼と夜は米食であるが、毎食、何かと工夫するのが面白い。いや、工夫すると言うほどではない。これは旨い、と思うと、同じものが一ヶ月も続いたりするからである。

この頃は、かぼちゃと目刺しを食べることが多い。かぼちゃは、あの大きな「北海道かぼちゃ」ではなくて、「日向かぼちゃ」と言う、表皮が皺くちゃの小さいかぼちゃである。あれを適宜に切って、サラダオイルで柔かになるまで揚げる。そして、牛肉の刻んだのと一緒に、酒、醬油、砂糖、だし汁で煮るのであるが、その旨いことと言ったらない。

目刺しはあの丸干しのことである。さっと焼いて、さめない中に食べる。「私は安いものが好きなんです。」と言って、人を笑わせるのであるが、もう一つ、じゃが芋の蒸したのを天ぷらにして、「芋天」と言うのを、よく作る。

これは北海道へ旅行したとき、支笏湖《しこつこ》の浜辺で、観光客を相手に串刺しにして売っていたのを、ぺろりと三皿、食べたことがあって、東京へ帰ったら、これと同じものを作ろう、と思って、愉しみにして帰って来たものであったが、北海道のあのじゃが芋と同じものが、果して手に這入るかどうか。

いや、手に這入った。「メー・クイン」と称するじゃが芋が、あれとそっくり同じような、ほくほくのじゃが芋ではないか。

私は躍り上って喜んだ。まるのまま皮を剝き、一寸くらいの大きさに切って、電子レンジへ入れ、さわればぽろりと、形が崩れるくらいに柔かに蒸して、メリケン粉と卵にちょっと塩を振ったものをまぶし、サラダオイルで揚げる。何のことはない。それだけのことで、あの支笏湖の、頬べたもおちるような「芋天」が出来上ったのであった。

絶食することも自慢したい

昨夜、ねる前に、鉱泉煎餅と言う薄い煎餅を七枚も食べた。軽い味なので、いつでも思わず食べて了う。その上に、蜜柑を二つ食べた。食べ過ぎたかな、と思ったが、果して、朝起きると、腹の中がぐさぐさする。その瞬間に私は、あ、これは絶食しなければ、と思ったものである。

絶食とは大袈裟であるが、若い娘の頃に、私の従弟に、この絶食の好きな男がいて、何でも絶食、絶食と言って、絶食すると病気が治ると言っていたものであったが、ふと、私はそのことを思い出したものと見える。

しかし、私はこれまでに、一度も絶食と言うことをしたことがない。朝のパン食を止めた。昼の和食もやめた。すると、腹の中が空っぽになって、何とも言えないほど気持が好い。これで夜の和食まで止めると、一日中、完全に絶食したことになる、と思ったのであるが、果して、それが出来るかな。

私にはいつでも、暴飲暴食をする癖があって、十二、三年前にも胃にポリープが出来、開腹手術をしたことがあったくらいであるから、この、腹の中が空っぽになって、好い気持になった、などと言う経験は一度もないので、誰かに自慢したいような気持であったなどとは、呆れたものではないか。

百歳のときに薄墨の桜が

四月九日の朝早く、私は知り合いの人たちと一緒に、岐阜県根尾村の薄墨の桜を見に行った。根尾村へ行くのは、久し振りのことである。七年振りであるかな。汽車の窓からも、到るところに満開の桜が咲いていた。東京でも、桜が真っ盛りであるのに、わざわざ根尾村まで行くと言うのは、「まあ、何て優雅なことですね、」などと言う人もある。岐阜羽島で下車して、自動車で四十分。根尾の町中にある住吉屋へ着いた。

待っている人たちがおおぜいいた。七、八尺も伸びた薄墨の桜の苗木を持って来てくれた人もあり、今朝、生んだと言う鶏卵を三十個も届けてくれた人もある。暫《しばら》く来ない間に、住吉屋はまた建て増しをしていた。茶を一口飲むとすぐ、車で薄墨の桜のそばまで行った。もう満開かと思ったのに、まだ五分咲きであったが、幹の廻りが三丈八尺、枝の拡がりが二反歩と言う雄姿は、七年前そのままである。おおぜいの人が来ている。私たちはすぐ眼近かに見上げる薄墨の桜に、ただ、溜息をつくばかりであった。

一先ず、宿へ引き上げ、夜食のあとで、もう一度、夜桜を見に行った。夜、と言う暗黒の世界を背景にして、浮び上った薄墨の桜の、黒白だけの幻想的としか形容しようのない風景の美しさに、私たちはあっと声をのんだ。この夜桜を見ただけで、はるばる時間をかけて根尾まで来た、甲斐があった、と思った。

翌朝もまた、「もう一度、」と慾張って見に行った。一夜の中に、花はすっかり満開になり、その美しさも、また格別であった。

夕方、うちへ帰るときに、親切な人の持って来てくれた薄墨の桜の苗木を、紐で小さくくって、車の中に入れ、持って帰ることにした。実は二、三日の後に、私の故郷である山口県の岩国に帰る予定であったので、この苗木を裏の庭に植えたいと思い、あそこか、ここかとその植える場所を考えて見るのも愉しいことであった。この苗木が七年生のものだとして、普通の桜は三年経ったら花が開くのに、薄墨の桜は十七年かかるとすると、あと十年たたなければ花が咲かない。あと十年たって、故郷の庭に、この薄墨の桜の花を見ることが出来るのは、私の満九十五歳になった年の春である。そう思うと、私の胸に何とも言えない不思議な気持がこみ上げて来たものである。

私の晩年

私はいま、満八十八歳に四ヶ月ほど欠ける。人の言っているように、人間の寿命が百二十五歳であるものだとしたら、その寿命の齢まで、まだ、三十七年七ヶ月あることになる。三十七年七ヶ月も残っているのだとすると、現在の私の齢は、まだ、晩年と言うのには少し早過ぎる。少し早過ぎるが、それでも、私の晩年である、と思うことにして、その晩年を、私はどんな風にして送ることになるか、それを記して見るのも面白い、と思い、今日からときどき書いて見ることにする。今日は昭和六十年の七月九日である。

私はどこと言って、体の具合の悪いところはないが、ほんのちょっと、便秘する癖がある。一日の中に、昼間でも、ときどき眠る。眠る時間は合計して、一日の中に七時間か八時間くらいである。眠るときは、いつでも、右側を下にして眠る。心臓を圧迫しないようにするためである。二時間半くらいで、大抵、ちょっと目が醒める。夜中でもそうである。

仕事は毎日するのが習慣である。時間はきまってはいない。夜、寝ているときでも、何か書くことを思いつくと、ぱっと起きて書く。とりとめもないことでも書いておく。それが、あとで、面白いことに発展することもあるからである。

この頃も、毎日のように表へ出る。買い物をして歩くことが多いのであるが、それが、食べるものばかりを買うのであるから、おかしいと思う。あの店の薄皮饅頭はうまい、とか、あの肴屋の目刺しは新しい、とか言う具合である。

私のうちには、よく人が来る。人に会うのは、いろいろな意味で面白い。こんなことで、私の一日は大抵つぶれるから、不思議である。

朝食はパン。これは自分で作って、自分であと片附けをする。昼と夜とは、うちの藤江たちの世話になる。間で、部屋の中を一万歩くらい歩く。自分で指を折って、数えて歩く。五十分くらい、かかる。外はめったに歩かない。室内を歩くのは、あまり役には立たないが、歩かないよりはまし、と思うからである。

何か、ものを読むのが一ばん愉しい。読むものがあるのが愉しい、と言うのは、そのことが、自分の体に危害を加えないためか。これは、老齢になったもの の習慣かも知れない。

◆

久し振りに、白金台へ行く。庭にポンカンの種を蒔くためである。種を蒔いても、ポンカンが生えるものかどうか分らない。分らないのに蒔く。これが、いつもの私の癖である。白金台でも一万五千歩、歩いた。歩くと、腹の中がすうっとする。好い気持である。私はいつでも、好い気持になることをする。それが、少しくらい強行軍であってもする。その中には馴れるからである。

この頃、私の気にかけていることは、大抵、体に関することが多い。これは、晩年にさしかかった人間の、一ばん、気にかかることなのかも知れない。朝、起きぬけに、コップに一ぱいの水を飲む。それから、一万歩あるく。大抵これで、便通のありそうな気配になる。便秘がちな私にとって、これは何よりも有難いことである。一日の中に一回、便通があったか、なかったか、これが一番、気にかかることだと言ったら、人は信じるだろうか。

◆

或る日の郵便物の中に、一通、封書に鉛筆で「うのちよせんせい」と平仮名で宛名を書いた手紙が這入っていた。徳島県板野郡上板町上磯一六一の一と言う自分の方の住所は、誰か大人に書いて貰ったのか、ちゃんとした字で書いてあって、そのあとに「ゆもとたけし」とこれも、たどたどしい平仮名で書いてある。

「うのせんせい、おげんきですか。ぼくはまいにち、ようちえんにいっています。いつか、よそのひとから、せんせいのほんをもらいましたが、おおきくなったら、よませてもらいたいとおもっています。

ぼくは、おはんのさとるのやくを、また、したいと、いつもおもっています。あのかいが、おわってしまって、とてもがっかりしています。せんせいにまた、おあいできるひを、たのしみにまっています。おからだをたいせつにしてください。ゆもとたけし」

と首尾一貫した、立派な手紙であった。

去年、京都の西川千麗と言う舞踊家が、私の原作である「おはん」を脚色して、踊ってくれたことがあったが、私はそれを見て、とても感動した。その踊りの中で、さとると言う子供の役をやった、まだやっと五歳になったかならないかの子役があって、その子供が、役の中で、自分の父親とも知らないで、古道具屋の男に、「おっさん、おうちにはゴム毬ないのん、」と言ったりした、あのおはんの一場面を、子供特有の、いたいけなさを含めての圧巻に、満場、息を呑んだものであったが、私はこの手紙を書いたゆもとたけしと言う子供が、あの子供であったに違いないと、手紙を読んだ瞬間に、ぱっと思ったものであった。

それにしても、あのさとるを演じた子供が、私に宛てて、こんな手紙をよこしたのだと思うと、私は胸が一ぱいになった。まず、何よりもこの子供に宛てて、手紙の返事を書かなければならない、と思って、私はペンをとった。

「おてがみ、かんしんしてよみました。あなたのさとるのやくは、とても、じょうずにできました。いまでも、とうきょうのひとたちは、あなたのあのさとるのやくが、じょうずであったと、はなしています。あなたにぜひ、もう一ぺん、あのさとるのやくをやってもらいたいといっています。

うのちよ

ゆもとたけしさま　」

と書いて、速達にして出した。

しかし、そのゆもとたけしを一番、喜ばせるのには、もう一ぺん、「おはん」の公演を実現させることであった。もう一ぺん、「おはん」を京都か東京でやることであった。それをやるのには、一体、どれくらいの観客を動員しなければならないのか、それを私の力で出来るかどうか、と言うことであった。私は何とかして、それがやりたかった。ゆもとたけしの私に宛てた手紙には、私に、それだけのことをさせる力があったと言うのか。

◆

菊池清嗣さんの話によると、菊池さんは遠野に牛乳風呂を作る、と言うことであった。一回這入るのに、三万円かかると言っていた風呂は、それは、この牛乳風呂のことだったのか、と思っていると、今度は、その牛乳風呂に必要な牛乳を集めるために、牛を十頭、飼っているとのことであった。

牛乳風呂の話から、忽ち、牛を十頭飼うと言う話にまで飛躍するのが、菊池さんのいつもの癖であると思うと、その発想の素早さに、私たちは吃驚仰天するのであった。

その菊池さんが、湯河原へ温泉宿を作ると言うのである。菊池さんの自宅は、青山の私のうちのすぐ近くにあるのであるから、夏は遠野、冬は湯河原と、両方に別荘を持つと言うのも分るが、ただ単に、金持である、と言うだけのことでは、菊池さんの真似は出来ない。

菊池さんには金がある上に、実行力がある。その上に、何とも思いきりの好い、素早い、行動力がある。また、その上に、誰にも真似の出来ない、運のよさがある。

私はその菊池さんに、今度は湯河原の別荘に名前をつけることを頼まれた。その別荘は数寄屋造りで、いま作っている最中であるとのことであるが、菊池さんのことであるから、その出来上りを待たないで、そこにおく皿小鉢の類にまで、名前を入れたいのに違いないと思った。

私の頭には、「唯心荘」と言う名前が一つ浮んだきり、ほかには何にも浮んで来なかった。「そうだ。唯心荘に決めよう、」と思うと、ただ名前をつけることを頼まれただけであるのに、私は自分でこの名前に決めた。「唯心荘。唯心とは、心だけが存在のもとであると言うこと。仏教で言うと、一切は、心の作用の結果であると言うこと。」と色紙に書いて、菊池さんに手渡した。

◆

故郷の岩国に帰って、今度、紅葉谷に建立された「おはんの碑」を見に行った。紅葉谷と言うだけあって、一面の紅葉の林の中に、あれは何と言う石であろう、白かと思う石に、きれいな、うす緑色のまじった大版の石に、「おはん」の文句が書いてある。

何とも簡単なデザインなので、私はとても満足であった。一度も下見をしないのに、こんなに好いものを作って貰ったと思い、何とも感謝に堪えなかった。これでひとつ、岩国の名所が出来た、と思うと、そのことも嬉しかった。

『クロワッサン』の人たちと一緒に、川西の家に行く。百年前のままの作りに、手を加えていないのが、人々の気を和《なご》ませたのであろう。二百坪の庭には、松杉の類の樹々はみなぶった切って、ただ紅葉の木だけ残しておいたので、その紅葉の木から種が落ちて、何百本と言うひこ生《ば》えの紅葉が庭中に生えている。

いまに、このひこ生えの紅葉の木が大きくなって、鬱蒼とした一面の紅葉の林になったら、わが家の庭は、どう言うことになるのだろうと思い、気が遠くなる。

嬉しさ余って大狼狽

私があの自分の米寿の会で、一ばんに念願していたことは、どうか、この会の間中、平静でいることが出来るように、と言うことであった。私は普段の生活でも、いつでも狼狽《あわ》てばかりいて、物事のあとさきを間違えたり、人に笑われたりしているので、今度の会では定めし、そう言うことが続出することであろうと思われたからであった。

しかし私は、その念願をしばしば忘れていた。こんなに嬉しい日のことを、何から何まで貪り見て、よく覚えておこう、と思ったために、却《かえ》って大切なことを見落して了ったからであった。先ず最初に私は、私のために大切な時間を割いて、こんなに大きな喜びを与えて下さった多くの人々に対して、有難うございます、嬉しうございますと、大きな声を上げて言おうと思ったのに、こんな舞台の上に立って、ものを言う習慣の全くなかった私は、もう舞台の上に立ったと言うだけで、足が慄《ふる》えて、自分の言わねばならぬ口上を、間違えてばかりいた。

あらかじめ、そう言う自分を予測して、紙に書いて来たものを持って来たりしたのに、大ぜいの聴衆を前にして、すっかり上って了った私は、この会の最後に読むために用意して来たものを、一ばん先きに読んで了うような大失敗をして了ったのであった。

私はこの私の大失敗を、どうして補足したであろうか。私はこの口上書きを、当然言わなければならない最後の場面に来たとき、それを言わなければ、どうしても、最後の場面の締め括りにならないので、ええい、ままよ、この大観衆の前に、いま自分は気が動転して、あとさきの言葉を間違えて了ったと言うことを白状して、もう一ぺん、前に読んだ同じことを読みますから、お笑い下さい、と断った上で、その同じことを読むと、人の失敗くらい面白いものはないと見えて、会場一面に、大爆笑が起った。私のこの失敗は観客を大いに喜ばせて、失敗ではなく反対に、大成功を博したのであった。

しかし、このこととは逆に、観衆の好奇心を大いに湧かせたことが、ほかに一つだけあった。

このとき、会場一ぱいに、私のナレーションがゆっくりと流れた。

「私は若い頃、馬込の大根畑の中を、萩原朔太郎さんと一緒に、よく散歩しました。すると朔太郎さんはちょっと立停って、こんなことを言いました。『宇野さん、いまから何万年か何千万年かの後に、僕と宇野さんとは、いまとそっくり同じに、馬込の大根畑を歩いているようなときがきっと来る。僕はそう信じて疑わないのです。喩えて言えばそれは、時計の長針と短針とが、ちょうど十二時になると、必ず重なり合うでしょう。それと同じことなのですよ。少し難しいかも知れませんが、哲学的に言いますと、それは輪廻《りんね》の世界と言うことなのですよ。宇野さん、あなたもそれを信じますか』と言いました。

私はそれを聞いた瞬間に、朔太郎さんの言うことを、そのまま信じたのです。

いま、この米寿の祝の会場で、朔太郎さんの曽孫《ひまご》である友君に手を曳かれて歩いていると言うのも、その輪廻の世界の現われだと思うのです。みなさん。私は何と言う幸福な人間なのでしょうか。」

この私のナレーションの間に、舞台の上に姿を現わしていた、萩原朔太郎さんの曽孫である友君と、私は手を繋いで歩いていた。友君はピカピカの金ボタンのついた学生服を着て、もうずっと前から私と歩いていたように、落着いて私と一緒に歩いていた。そして、司会の山本陽子さんから、「友君、宇野先生に一言お祝いを。」と言われると、真っ直ぐにマイクの前に出て、「今日は僕の曽《ひい》お祖《じ》父《い》ちゃんの萩原朔太郎と仲好しだった宇野千代先生、お目出とうございます。」とはっきり言ったときの友君の、まだ十三歳の子供とも思えない、一種、精神的な顔つきを見て、流石《さすが》、萩原朔太郎の曽孫である、と、満場、息をのんだものであった。

このときの情景を見ていた三宅菊子さんが、のちになって、私にこんなことを言った。「朔太郎さんから友君に到るまでの、何代にも亘った精神の繋がりがあったと言うことを知って、私はとても感動しました。」それを聞いて私も、そんな見方もあったのか、と、逆に、この三宅菊子さんの言葉に感動したとは、何と面白いことではないか。

それにしても、今度のこの私の米寿の祝の会くらい、思いもかけないものがあったろうか。会の始まる前から、私はこの会の間中、どうか平静でいることが出来るように、と念願した筈であった。私は会の進行する間中、何を自分がしたからと言って、そのために、こんなにまでの親切をして貰えるのか、などとは決して言うまい。そうだとも、これら多くの人々の、純粋な私に対する好意を、疑うことなく受取るべきである。そうだとも、これまでの生涯に、私を見知った限りの人々の、私に対するあの邪気のない好奇心を、何と言って有難く受取ったらよいか、観念すべきであった。

私があの会場で、ありもしない智恵を絞って、きらびやかな着物を着たり、髪に花簪《はなかんざし》をさしたりしたのは、多くの人々の眼を欺くためではなく、もし、それらの人々の期待に、返礼することが出来たら、とそう思ったからである。

これらの彼我の思惑が、どれ一つとして外れることなく、ぴたりと当ったように見えたのも、神仏の私に対する依怙贔屓《えこひいき》でなくして何であろう。これら凡てのことを予測したかのように見えた私と言う人間のお目出たい性格も、この神仏の依怙贔屓の賜物でなくして、何であろう。

私のこうなりたいと願ったことは、凡て、私に対する神仏の依怙贔屓で、そうなったのであると思うと、万物の天体の神々にも併せて、心の底から、有難うございますと、お礼を申し上げる所以《ゆえん》である。

私の昭和史とは

私は今年で九十歳の春を迎えた。若い頃には自分でも、こんなに永生きが出来るなぞとは思ってもいなかった。

最近、昭和史の編輯をしているところから、インタービューがあったが、考えて見ると、私の昭和史も、二十九歳から九十歳の今日まで、六十年間も続いていることになるのである。

昭和の始めは馬込で暮していた。その前に、あの関東大震災に出会ったのであった。そのあとは世田谷で暮した。戦争中は熱海、栃木と疎開している。そして終戦とともに、また馬込に戻って来て、そのあとは銀座やその他のところに目まぐるしく三、四回も引越して、現在の青山三丁目に移り住んで来たのが昭和三十年である。

このインタービューのために、改めて昭和の始めから現在までの自分自身の写真を眺めて見る機会に出会ったのであったが、若い頃の写真は、どれもこれも一人で一人前の顔をして、周囲《まわり》の人のことなんか構わないで、自分だけが気取ったポーズをとっているのは、何ともおかしい限りである。

昭和十六年に戦争が始まってからは、お洒落であった私も、もんぺを穿いて買い出しに出歩いたりしている。これでもなかなか、食糧を集めたりすることが上手だったような記憶がある。

戦後、『スタイル』を復刊して、自分の雑誌に自分でデザインした洋服だの、きものだのを着て、モデルの真似ごとまでやってのけていたのである。

インタービューに見えた東大の伊藤隆教授が、「昭和の歴史よりも、宇野さんご自身の歴史の方が、ずっと面白いですね、」と冗談まで仰言ったような始末であった。それは贔屓に思って下さる方々のお気持である、と思って、嬉しく思うのであるが、しかし、誰かと一緒に暮している間は、いろいろな事情があって、人から、「戦争中は、どんなお気持で、どんなご生活をしていらしたのでしょうね。」などと問いかけられても、すぐには返事も出来ないで、いつでも、まともな答えが出来なかったのを、何とも申し訳のないことだと思っている。

今日までの、この昭和の六十年の間、この私である宇野千代は、一体、何を残して来たのだろう、と考えて見ると、ほんの少しばかりの、もの書きとしての作品だけではなかったのだろうかと、顧みて、忸怩《じくじ》たるものがある。

しかし、それにしても自分では自分なりに、一生懸命で毎日々々、働いて暮して来たように思うのである。この六十年の間、自分と仲宜しであった友人たちも、ずいぶんと亡くなって了っているのである。

梶井さん、三宅やす子さん、林芙美子さん、真杉静枝さん、三好達治さん、広津和郎さん、尾崎士郎さん、川端康成さん、平林たい子さん、小林秀雄さん、北原武夫、東郷青児なども、また野上彌生子先生など師とも仰ぐような方も、みな、お亡くなりになって了った。

私はただ一人で、いまでもずっとずっと昔からと同じ生活を続けているのである。亡くなった方々は、せい一ぱい好い仕事をなすって、立派な作品を、それは数多く残しているのである。

道草を食っていた私は、七十歳もとうに過ぎてから、やっとのことで、少しでも好い作品を書かなければ、と言うような心境に達したような気がしている。若い頃の生活といまの生活とを較べて見ると、少しはいまの生活の方が落着いているように思っているのであるが、それでも、他人の眼から見たら、宇野千代は相も変らず、若い頃と同じことをやっているな、と思っている人も多いことだろうと私はいまでも思っているのである。

それにしても、昭和はこれからも、まだまだ続いて行くことと思うのであるが、私もまたこの昭和とともに、これからますます充実して、発展して行くことが出来れば、満足である、と私は思っている。

どこまで発展して行くのか、行く末も分らないように思われるとは、いかにもお目出たい私自身の観察であるように見えるが、そうではない。

人々が力を合せてやることに、限りと言うものがあるだろうか。開け！　眼を、である。人間にはいつでも、自分の行く手を真っ直ぐに見て、進まなければばならない、と言う義務があるのである。

自分の行く手を真っ直ぐに。これより自然な方法が他にまだあるだろうか。自然に、自然に、真っ直ぐに、開け！　眼を、である。私たちの昭和は、いつまでも私たちの歩いて行くのを待っているのである。

愉しい好きなことだけを（90歳〜97歳）

よい天気

何となく風も夏めいて来た或る午後のことである。私と親しくつき合っている母とその娘とが訪ねて来た。

娘は今度、婚約が整い、嫁に行く、と言う報告をしに来たのである。私はすぐその娘に向って、「あなたはほんとうにその人を好きで、お嫁に行くのですね。お母さんにすすめられたり、もう齢頃だから、と思ったりして、それで行くのではありませんね、」と訊いた。娘はちょっと恥しそうにしたが、はっきりと、「私は外国に転勤しているその人に会いに行って、自分で決めたのです。」と答えた。それを聞いて、私は心から嬉しく思い、「おめでとう。」と言った。

大分、前のことであるが、この娘の父親は若いときに癌で亡くなって了《しま》ったのであったが、それからずっと、この母と娘は、父親の残した財産で生活している。私たちから見ると、良人を亡くした妻、父を亡くした娘、と言うことを除けば、とても平穏無事で、幸福そうに見えた。娘はとても素直に育って、いまが人生で一番美しい、と言う齢頃である。

母親はお人好しのところがあって、また、ときにはちょっと我儘に見えるところもある。そのためにこの娘には、一つだけ悩みがあるのである。それはこのお人好しの母親にときどき、好きな人が出来て、問題を起こすのである。そのたびに娘は、誰よりも母親の理解者になって、一生懸命、自分で、母親とその好きな人との間に、とけ込もうとしているのであったが、それもなかなか、相手の人に恵まれない、とでも言うのであろうか、いつでも、うまく行かなくなるのであった。

私もむかし、いろんなことをして来たので、うるさいことは言わないで、そのたびに、二人のことを見守っている形で、様子を見て来たのである。ただ、男と女のことほど、他人の眼にはかり知れないものはないのである。

この娘のためにも私は、この母に仕合せになって欲しいと思っていたのである。娘はもうじきに、外国にいる相手の男のところへ行くとのことで、ここ二、三年は、男の仕事の都合で、日本へ帰ることは出来ないだろう、とのことであった。「先生、私の留守中は、母を宜しくお願いします。」と言って、はらはらと涙を流した。

私はこの娘の母を思う気持に打たれて、「大丈夫よ。ママのことは、私がちゃんと見ていて上げるから、心配しないで、」と言った。娘は涙の光る眼で、私の方を見た。そして笑顔で深くうなずいた。

私はこの母と娘の二人が、肩を並べて帰って行く後姿を見て、今日は何とも言えない美しいものに出会ったような気がしたものである。

◆

私の一日中の体の動きは、とても緩慢である。私の仕事が書き物をすることなのであるから、机の前に坐ったきりで、動かないのは当り前のことであるが、そのほかで、一番同じところに坐ったままで動かないでいるのは、テレビを見ているときである。

自分の愉しみでする動作は、どんなに緩慢であっても平気であるが、ときどき、ほかにすることがなくて、渋々、テレビを見ているときなぞには、「何だ、詰らない。早く何かほかのことをやれば好いのに、」と思うときがある。

そう言うときに、私がお念仏のように考える考え方と言うものはこうである。「どんなに面白くない、詰らないことでも、必ず、これでお了い、と言うときが来る。未来永劫、お了いにならないで、永久に続く、と言うものはない。どんなに面白くない、詰らないものでも、必ず、これでお了い、と言うときが来る。」と思い、私は辛抱強く、その、これでお了い、と言うときの来るのを待つのである。これが私の、緩慢な生活の解決法であるとは、何とおかしいことではないか。ははははは。

◆

私は四十年よりもっと前から、この土地に住んでいる。港区の南青山三丁目の八番地と言うところである。

朝、起きて食事をすませると、もう一ぺん、寝床の中へ這入る。一時間くらい横になっていて、本式に起き出して来るのは、そのあとである。ベッドの中に横になるときは、いつでも、きまって右側を下に、左側を上にしている。それは、いつの頃のことであったか忘れたが、ドストエフスキーの「地下生活者の手記」と言う小説の中に出て来る話を、そのまま真似をしていたのであるが、始めは意識して体をその形にしていたのであったのに、いつの間にか知らない間に、それが習慣になったものである。

ロシアの軍隊は規律が正しいので、一たびその形で体を横にすると、微動だにしないことが、厳重に規則づけられていた、とそこには書いてあった。

勿論、それは、体の左側を下にして横になると、心臓を圧迫するからであるが、私がその、ドストエフスキーの「地下生活者の手記」に出て来る軍人の真似をして、四十年間も続けていたとは、何と言うおかしいことであろうか。

人間は誰でも、真似をして生きて行くものである。私は今年の秋で、九十歳になるが、それでも、朝晩の生活は、凡て、誰かの真似である。

土の上を歩けば好い、と聞くと、土の上を歩く。うちの近くに、ちょうど頃合いの狭い露路があることはあるが、車や自転車の往来が烈しいから、駄目かな、と私は思ったのであったが、しかし、何も車や人の行きから往来《おもて》の土の上を歩かないでも、この家の、いま私の住んでいるこの三階の部屋の真上である、屋上のコンクリートの平たくなっているところを、歩けば好いではないか、と私は思いついた。

私はすぐ起《た》って行って、その屋上へ上る階段をすたすたと上って見た。そこはずっと前に、二、三度、そのコンクリートの上まで、出て見たことがあったと思ったが、いま、そこへ上って見ると、ぱっと頭の上に、明るい朝日の照っているところだったので、私はちょっと吃驚《びっくり》した。

あ、ここが屋上だな、と思ったのであったが、しかし、そのコンクリートの屋上は、ながい間、風雨にさらされたままになっていたので、一面に、うっすらと苔が生えたようになっていたりして、どことなく、自然の土の上のようでもある。

真っ蒼の空の下で、空気は好いし、何とも美しいこんなところを、どうして私はいままで、何にも気がつかずに、放っておいたのだろうかと、また吃驚した。

見ると、この屋上の片側には、ちょうど普通の家の部屋の、押入れとそっくり同じ形のものが、ずうっと列べて作ってあった。前の板戸をあけて見ると、これも普通の家の部屋の、押入れと同じように、私の大分まえに刊行された本だの、タオルだの、空き箱だのが、ちょっと雑然と入れてある。

それらは、みな、おや、ここにあったな、と思うものばかりなので、ちょっと懐しい気がした。

あ、火鉢がある、と思った。とても大きな瀬戸の火鉢である。それが三つも、逆さにして伏せてある。一つは濃紺の無地である。あとの二つは、白地に濃紺で、雄勁《ゆうけい》な筆致で風景が描いてある。その三つの火鉢が、逆さにして伏せてある。灰はとってある。もとはそこに鉄瓶をかけ、ちんちんと湯を沸かしていて、そのぐるりに、うちのものたちが集っていたことであろうに、もう、そんなこともしなくなったいまは、廃物にでもなったと言うのか。生活の凡《すべ》てが、和風のものを捨てて了ったと言うのか。

私は再び、押入れから屋上へ出た。そこには、白い、小さな卓子が二つと、椅子が六つ置いてある。これはいまでも、屋上を歩いていて、疲れると、ちょっと休むのに、必要欠くべからざるものである。

私は歩いては、この小さな、白いペンキ塗りの椅子に腰をかけて休んだ。私はあんまり外へは出歩かないで、自分の家の中だけで暮すのが習慣なので、まあ、そう言う形で、自分だけの、小さな歴史を作る気でいるのかも知れない。それでも、なかなか面白いものである。

◆

私はものを考えることと、書くことが好きである。これは自分の仕事であるから、朝晩、同じところに坐っていて、同じようなことをしているように見えても、そうではない。以前は、自分の仕事は、ゆっくりと手をかけて書いていたが、いまは、どんなことでも、思いついた瞬間に書く。その方が、大切なものが、逃げて行かないように思うからである。

おかしいことであるが、私はいまの、この九十歳と言う年齢《とし》も好きである。あと、もう十年経つと、百歳になる、と思うと愉しくなる。百歳になったら、私は何を考えるようになるか、また、何を書くようになるかと思うと、とても愉しくなる。私には凡てのことが愉しいように思われる。私はもう先刻から、この屋上のコンクリートの上を、行ったり来たりして歩いている。すると、四方のマンションの窓から、「よいお天気ですこと、」「まあ、先生、お元気ですねえ、」と声がかかる。

見ると、それは、朝晩、往来《おもて》で立ち話をしたりして、よく見知っている人たちの顔ではないか。

ほんとうにこれが、「よい天気」と言うものだな、と私は嬉しく思ったものであった。

自慢の種がひとつ減った

二ヶ月振りで、うちの近所の長者丸通りへ買物に出た。魚屋の魚初さんが、「先生、しばらくお姿が見えないので、お風邪でもと思っておりました。お元気なお顔を見て、安心しました。」と声をかけてくれた。

この青山に住んで四十年あまりになる。特に、この横町の通りの商店の人たちとは、みな、顔馴染なのである。

私は大きな声を出して、「ちょっと体の具合を悪くして、入院していたのですが、この通り、ぴんぴん元気になりました。まだ、なかなか死にませんよ。」と言ったので、みんな大笑いをしたものである。

実は私はこの間、救急車へ乗ったのである。救急車へ乗ったと言って、自分が自分の体を助けるために、救急車へ乗ったのだろうか。おかしなことがあるもので、その、自分のための、自分を救うための、救急車へ乗ったのである。ぴいぽう、ぴいぽう、と言う救急車特有のあの音がする。あれ、あの音は救急車の通る音だけれど、あの音のする車に、自分が乗っているのだろうか、とおったまげたものであった。

何か、私の体に変化が起きて、それで病院へ運ばれているところなのだろうか、とも思ったが、どうも、自分の身に自分では覚えがない。えい、病院へ運ばれているのなら、それでも好い、と相手にまかせていると、やがて、じきに虎の門病院へ着いて了った。

あれは十何年も前のことであるが、胃の五分の三を切ったときに、この病院へ入院したことがあった。

虎の門病院なら、お馴染である、と思っていると、四階の病棟へ運ばれ、それから、いろいろと調べられ、その後、二十日あまりも治療をうけ、もう宜《よ》い、と言うのであったのか、自宅へ帰されたのであった。

病気は心臓に不整脈と言うのが出たのだそうである。病院の先生方が、働き過ぎですよ、これから、ちょっとのんびりして下さい、と言ってくれた。

その後、予後が良好と言うのであったろうか、こんなにぴんぴんと達者になって了ったのである。

一体に私は、自分の体のことは何でも、好い方に思い込むのが癖であるが、いまは体中のどこにも、悪いと思うところはない。これは内緒のことであるが、自分の体中にどこからどこまでも、悪いと言うことはないと思い込む、これが自分の体を丈夫にする、秘密の方法なのである。

自宅へ帰ると、何にも決ってすることがない。まず、身の廻りのものをこまごまと片付ける。そのあとの用事はいくらでもあるが、一ばん大切な用事と言うと、決っている。私の本来の仕事である、書き物をすることである。

いま、私は満九十歳である。九十歳を一日過ぎると、私は九十一歳と数えるのが習慣である。九十歳と九十一歳とはどう違うか。九十一歳の方が、百歳に一歳ほど近くなる。

私は私の尊敬している或る哲学者の意見によって、人間の寿命は百二十五歳である、と決めているので、私はその寿命に一歳ほど近づいたことになる、と思っている。寿命の来た後のことは、いまの私にはよく分らない。

何よりも健康で元気だった私も、自慢の種が一つ減ったかな、と病院の中では思っていたが、帰って来たら、また、こんなに元気です、と自慢したくなる。ほんとに困ったものである。人間はいつでも、何か自慢の種を持っている。自慢の種がありさえすれば、それがまた自慢の種になるのだから、面白いものである。

どんなに小さなことでも、それを自慢の種にすることが上手なら、その人は生きて行くことが上手な人、と言えるかも知れない。

◆

生きて行くことが上手な人は、何よりも快活な人である。生きて行くことが上手な人で、それで陰気な人、と言うのを私は見たことがない。陽気は美徳、陰気は罪悪と言うのが、私の作った格言であるが、美徳も罪悪も、そのままの姿では生きてはいない。すぐそこで、となりの人に感染《うつ》るものである。

どんなに大きな美徳も、どんな小さな美徳も、すぐそばの人に感染す、大きな力を持っている。

陰気はどんなに大きな陰気であっても、どんなに小さな陰気であっても、凡ての人に感染るものであるから、夢にも、陰気の気持を持ってはならない。

面白いことがありますよ。大ぜい人が集まっているときに、それらの人の前に立って私が、「私はいま、満九十歳ですよ。」と言いますと、必ずそれらの大ぜいの人たちが、わあ、と言って笑い出すものなのです。「まあ、あなたは九十歳なのですか、それまでに、よく、快活に生きて来られたものですね。」「陰気はどんな小さな陰気であっても、すぐそばにいる人に感染るものです。まあ、見てごらんなさい。あなたの隣りにいる人が、ぶすっとした顔をしていると、あなたも何となく、ぶすっとした顔になりたくなるでしょう。あなたの隣りにいる人が、ぶすっとした顔をしていても、あなたはそれに負けないで、笑顔をしているとしたら、それはあなたが、とても偉い人だからです。」と私は言って見るのです。
「あなたがとても偉い人だからです。」と言われて、好い気持にならない人はありません。ああ、私は偉い人なのだな、と凡ての人が好い気持になって、喜ぶものだからです。

これらの方法は、永年の間に私が獲得した、人をおだてる方法なのです。自慢の種がひとつ減ったと言うのは、ここで私が、これらの方法は、永年の間に私が獲得した、人をおだてる方法だと打明けて了ったので、ひょっとしたら、利巧な人はこれらのことにひっかからないで、平気で、通り過ぎて了うのではないか、と思ったからなのです。まあ、どんなことも、その人の思いようなのですけれどね。

◆

「別冊婦人公論」は私にとって、とても嬉しい雑誌である。

何でも書ける。こんなことまで書いても好いだろうか、と言うことまで書ける。ちょっと愉しいことがあっても書ける。何だ、あんなことを言いやがって、と言うような、私にとっては腹の立つようなことも書ける。ひょっとしたら他人には、お惚気《のろけ》のように思われることも、ぬけぬけと書ける。作者にとっても読者にとっても、何でもぶちまけられる雑誌である。こんなに都合の好い雑誌が、またとほかにあるものだろうか。

私にとっては、一年に四回の、この「別冊婦人公論」を書く季節の来るのが、とても愉しいのである。この雑誌は、私のために始められたもののような気がするのは、ちょっと私がお目出たいのかも知れない。

◆

今日、岩手県の遠野から送って来たお米で、自分で御飯を炊いた。

ほんとうは薪で炊きたいところなのだが、いまは、薪もないマンション住居なので、そんな、ぜいたくなことは出来ない。

十年くらい前だったら、おいしく御飯を炊くことに凝っていた私は、薪で炊くのが一番だと思い込み、庭に煉瓦を積んで竈《かまど》を作り、御飯を炊いたものであったが、その御飯を炊いた煙が、庭中に立ちこめて了った。

しばらくすると、近所の交番のお巡りさんが来て、注意されたことを思い出した。何にでも凝ると、私はあと先が分らなくなる癖があるのである。

今日のこのお米も、五月に自分の手で田圃に苗を植え、それを十月の末に刈取ったものである。

私は田植をしてから、苗の成長をどんなに楽しみにしていたことだろう。十月末に、その実った稲を見たときは、ほんとうに感激した。

この手で、この自分の手で植えた苗が、こんなに立派に実ったのである。私は一株一株力を入れて、鎌で稲を刈った。九十歳にもなると、他の人たちよりは力がないので、稲の株が、長く田圃に残って了った。それでも嬉しかったのである。

ときどき考えては、田舎で、こんな生活が出来たら、どんなに好いことだろうと思うことがある。毎日だったら、大変ですよ、と人は言う。ほんとうに、そうかも知れない。

一年中、旅行と言うと私は、生れ故郷の山口県の岩国と、岩手県の遠野の万世の里とを行ったり来たりしている。いまになると、どうも遠野も、私にとっては大切な故郷のようである。

春は生れ故郷の岩国へ帰って、先祖の墓参りでもしよう。遠野の人たちも、私の行くのを待っていることだろう。

また、田植の季節にでも出かけよう。自分が作ったお米の御飯を食べながら、お医者に少しゆっくり暮しなさい、と言われたことも忘れて、また、来年のことも、いろいろと考えて了っているのである。駆け出しお千代と言う名前のある通り、私は駆け出している間が、元気なのかも知れない。

来年の春は、きっと遠野へ行こう。とんとん遠野は遠くて近い、遠野はとっても宜いところ、と言う、あの唄の通りのところなのだからである。

私はぞっとした

あれはいまから三、四年も前のことであった。或る田舎の年とったお婆ちゃんが、自分の家のすぐ裏にある深い水たまりの中に、自分から這入って行って、わざと溺れて死んだと言う記事が新聞に出ていたことがあった。

何でも、そのお婆ちゃんの家の人たちは、とてもお婆ちゃんのことを大切にして、朝晩の世話も欠かさないようにしていたと言うことであったのに、お婆ちゃんはそれが辛くて、私がいなくなれば、家の人たちもどんなにか助かるであろう、と思って、自分から、深い水たまりの中へ這入って行って、死んだのだと言うことであった。私はそのとき、そのお婆ちゃんを可哀そうだと思うよりも、なぜお婆ちゃんは、家の人たちの世話を喜んで受けるような明るい気持にならなかったのであろうと、とても残念に思った記憶がある。

新聞の記事に出ていたことであるから、詳しいことは分らなかったが、しかし、お婆ちゃんの善意も、家の人たちの善意も、よく分っていたことであるから、ちょっとしたものの考え方によって、こんなことは容易に防げたことであったろうに、と私は残念に思ったものであった。

人の一生の間には、ほんのちょっとしたものの考え方によって、とんでもないことが起ったり、それが防げたりするものである。人間の生死に関することでも、このお婆ちゃんのように片寄ったものの考え方をしないように、普段から明るく生きて行く習慣を持っていたいものだと、私は思っていた。

それはちっとも難しいことではないのである。何でも、もの事を明るく陽気に考えるようにすることである。このお婆ちゃんのように、人の善意でも、明るく考えることが出来ないで、「私がいなくなれば、家の人たちはどんなにか助かることであろう、」などと言うのでは不可《いけ》ないが、まるでその反対に、「私がいなくなれば、家の人たちはどんなに困ることだろう、」と言うように考えて見たらどうであろう。

私たち人間は、いつでも、ものの考え方の方向を、絶対に明るい方向にしたいものである。それはただ、ちょっとした習慣だけなのであるから、眼をつぶっていて「私がいなくなれば、」と言うような暗いことを考える筈はないのである。

何事も習慣である。「私がいると、家の人たちはどんなに助かっていることだろう。」と、いつでも明るく考えるようにしたいものである。

◆

私たちは普段、何事も考えずに暮している。

自分ひとりが暮しているように思っていて、また、自分ひとりで暮していても、ちっとも困らない、と思って暮している。

朝起きてパンを食べ、夜、牛肉ですき焼きをして、それからテレビを見て寝床に這入るまで、凡て、自分ひとりで暮していると思っている。

自分の居間に置いてある二十四インチのテレビも、勿論、金を払ったのは自分であるが、この居間まで運んで来たのはテレビ屋の店員であるし、それを床の間に置くのではなくて、壁際にぺったりとくっつけて、テレビを見るのに都合の好いところに置いて行ったのも、その同じテレビ屋の店員である。

私たちはいつでも、自分ひとりが暮しているように思っているが、また、自分ひとりで暮していることを、ちっとも困ったことには思っていないようなのであるが、大きく言うとこれは、何から何まで、人の手を借りないでは暮して行けない、と言うのと同じことなのではないだろうか。

どうも、人間の考えていることは、どこまでも一方的なことが多い。もの事の、ほんの端っこのことだけを摑まえて、それで、全体のことを考えている、る、と、つい、考え勝ちである。

まあ、そんなことはどっちでも好いのであるが、自分も人も、お互いに人の手を借りて暮しているのだから、もっと広い気持になって暮していたいものだ、と私は思うがどうであろう。

◆

私はどこか景色の好いところだとか、面白い建物だとかを見るために、わざわざ出掛けて行くと言うことは、いま思い出して見ても、まるでない。まあ、これは一種の怠け者の習性かも知れないと思うが、或るとき、三宅菊子さんに会ったとき、何気なくこのことを話したら、あら、私もそうだわ、と菊子さんは言ってから、「今度、ご一緒にどこかへ行きましょうよ。」と言うことになって、さて、それでは、わざわざ出掛けて行くその行き先きはどこが好いかと、おかしいくらい大真面目になって考えた末、「あら、奈良へ行きましょうよ。吉野の桜を見に行きましょうよ。桜なんか咲いていなくても好いから、とにかく、吉野と言うところへ行きましょうよ。」と言うことになった。

そうと決まると、二人とも、その吉野と言うところが、日本の古来からの好いところに決まっているのに、どう言う訳か、人がわざわざ出掛けて行かない、と自分たちだけで思い込み、見に行く前から、その吉野と言う名前に、一目惚れして了ったのであった。

私はその吉野へ行くための着物も作った。それではいつ行くかと言うことになると、二人とも、いろいろ故障があって、ちょうど、さっと行かれる、と言う日が決まらない。会うたびに、行く日のことを相談するのだが、それがなかなか決まらない。行く先きは吉野、と、でんと決まっているので、とても安心しているのだが、あれから三、四年くらいになるのに、まだ行かないのである。しかし、決して、またお流れか、などとは思わないで、でんと行くことが決まっている、と言うのは、どうもおかしいことではないだろうか。

◆

私にはいろいろな癖があるが、その中でも、物事をする前々から、その準備をし過ぎる、と言う癖がある。あんまりそれが過ぎると、やっぱり「悪癖」と言うことになるのであるが、また、ちょっと考えて見ると、仲々、好い癖でもある。

喩《たと》えて言って見ると、私は朝のパン食には必ずサラダを用意する。そのサラダに胡瓜、林檎、レタスを細かく刻んで、それにトマト・ケチャップとマヨネーズをまぶすのが決まりなので、「淳《あ》っちゃん、淳っちゃん、明日の朝のサラダにかけるトマト・ケチャップがないのよ。そっちの冷蔵庫に這入ってたら貸してね、」と、何事かと言うような大きな声をして、淳っちゃんを呼ぶのである。前の晩から、あくる朝のパン食に使うトマト・ケチャップを用意しておきたいのである。

私の家の広間には、とても大きな机がある。どれくらい大きい机か、その大きさを言いたいのであるが、私は寸法を計るのにこの頃のような、何センチとか言う計り方を知らないので、明治の頃の計り方で、何尺何寸と言いたいのであるが、この大きな机は、長さが五尺に縦が三尺、それも鯨尺で計るのであるから、とても大きな机である。

この大きな机の上に、何事かあると、その何事かに使うために、それは前々から用意して、足りないものがないように、あれこれとのせておくのが、とても面白く愉しくて堪らないのである。

それが、どこかへ出掛けるので、その用意をするのであると、それは大騒ぎなのであった。

その大きな机の上一ぱいに、その日に着て行く着物を用意しておくのである。「淳っちゃん、淳っちゃん、この帯にこの帯〆では色があんまり似合い過ぎているわよ。そりゃあ似合っていなければ不可ないけれど、それが、ちょっと離れた色にした方が好いのよ。」と大きな声で淳っちゃんを呼ぶのである。淳っちゃんを呼びながら、もう自分で体を浮かして、いつも帯〆の入れてある小箪笥のあるところへ行くのである。それくらいなら、淳っちゃんを呼ぶ前に、自分で探しに行けば好いのに、それが何も彼も一緒くたで、どうしても淳っちゃんを呼んで了うのである。それでも淳っちゃんは「また始まった、」とも言わないで、駆け出して来てくれるのである。

こんなことはしょっちゅうである。ほんとうに困ったものであるけれど、どうしても私は、淳っちゃん淳っちゃんと呼ぶのである。何事でも淳っちゃん淳っちゃんと呼ぶのが癖になっているのだから、仕方がない。また呼んで了った、と思いながら、ぺろっと舌を出して、あとは平気でいるのである。

しかし、私はほんとうに平気でいるのでもない。淳っちゃんたちはそれぞれの用事があって、いつでもとても忙しいのである。こんなちょっとしたことで、淳っちゃんたちを呼ぶのは、出来ることなら止めにしなければならないのである。淳っちゃん、と口に出かかったときに、止めにしなければならないのである。それが何も彼も一緒くたで、どうしても淳っちゃんと呼んで了うのである。

やれやれ、困ったことである。こんなちょっとしたことが止められないとすると、一体淳っちゃんたちは私の悪い癖のために、どんなに閉口していることか分らない。今日から、この私の悪い癖は、絶対に止めにしなければならない。きっと淳っちゃんたちは、この私の悪い癖のために、どんなに困っていることか分らない。

私は本気になって、私のこの癖を止めることを考えた。もし止めることが出来なければ、淳っちゃんたちは、もうこの家から出て行くことを考えているのではあるまいか。ここまで考えて、私はぞっとした。

このときの私の気持は、この一番始めに書いた、或る田舎のとしとったおばあちゃんが、自分の家のすぐ裏にある深い水たまりの中に、自分から這入って行って、わざと溺れて死んだ話に、何となく似ているのではないだろうか。ははははは。ほんとうに面白い話ではないだろうか。

私はしあわせ、昔もいまもこれからも…

去年の暮に、満九十歳の年齢を迎えた私は、何とか健康を維持して、仕事を続けていられることを、とても有難いことと思っている。齢をとると、やはり体のことが第一である。これでも、自分なりに、体には気をつけて暮している。無理をしないで、書きたいものを書き、ゆっくりした気分で、今年も愉しく過ごして行きたいものである。

こんなことを言っているが、ほんとうの私は、どうも、ちょっと違っていて、何か興味のあることがあると、すぐ、自分の年齢のことを忘れて、そのことの方へ、すぐ駆け出して行ってしまうのである。私は自分で自分のことを、駆け出しお千代などと冗談に言っている始末なのである。

今年も年賀状をたくさん貰ったが、それぞれの人の匂いがして愉しいものである。普段は忙しさにまぎれて、失礼しているのに、便りを貰うと、突然、いろんなことを思い出して、とても懐しい気がするから不思議なものである。

近頃は、何でも電話ですませるのが普通であるが、昔はちょっとしたことでも、すぐ手紙や葉書を書いて、相手に、そのときの自分の気持を伝えたりしたものである。好きな人には毎日毎日、ラブレターのようなものを書いたし、相手からもすぐ返事が来た。すると私は、またすぐその返事を書いて、ポストへ走った。それが面倒ではなく、何とも言えない愉しいことであった。

私が若い頃暮していた馬込村には、文士がたくさん住んでいた。その頃、療養のために湯ヶ島の湯本館にいた梶井基次郎などからは、毎日のように手紙が来た。私はその手紙を持って、萩原朔太郎や川端康成などの家を、梶井さんが遊びに来ますよ、と言って知らせて廻ったりした。電話のなかった頃の方が情緒があったような気もする。面白いもので、いま私のところに残っているその頃の葉書の便りなどを見ると、仲間同士の借金の頼みごとなども書いてある。

自分の書いたものは恥しいから、とっておいて貰いたくないが、その頃貰った手紙を見ると、その人との友情の深さまで思いやられるから、ほんとうに面白いものである。

私の作った好きな言葉はいろいろあるが、その中の一つに、

「私はしあわせ、昔もいまもこれからも」

と言うのがあるが、誰でも、こんな気持で暮して欲しいと思っている。

陽気は美徳、陰気は悪徳

近頃、いろいろな雑誌を見ますと、あなたはストレスとどう付き合っていますか、とか、ストレスをどう解消していますか、とかいうタイトルが、とても眼につきます。私もときどき、これと同じ質問をうけますので、さあ、と思って、考えてみることがあります。

お酒を飲んで大騒ぎすると、すっきりする、と言う人もいるし、おいしいものを沢山たべたり、何か買い物をじゃんじゃんしてしまう、と言う人もいます。でも私は、それだけではストレスがなくなるとは、どうしても思えないのですが、如何でしょうか。

冗談に私は、「私はストレスなんか、まるでないのです。」と、よく人に言うことにしています。すると、それを聞いた人は、そんなこと嘘でしょう。私たちには考えられませんと言うのです。

まるでない、と言うと嘘になるかも知れませんが、ほんとうに私には、ストレスになるようなことが、あまりないのです。ストレスになるようなことは、最初から作らないようにした方が好い、と思っているのです。「陽気は美徳、陰気は悪徳」と私は言うのですが、この、何事でも陽気にやるということは、とても大切なことですよ。

私だって、好きなことばかりしている訳ではありません。いやなことがあったら、さっと、すぐ忘れるようにするのです。しかし、それが仕事だったり、自分の環境だったら、すぐ逃げ出す訳にはいきませんね。私はそのとき、自分から進んで、その、いやなことの中にはいっていき、いかにも愉しそうに、それをやってみるのです。こうなったら、もう、しめたものです。こんな風に生活していますと、さっき話したストレスは、他の人より少なくなること請合いです。人間なんて、一かけらの仕合せがあっても、生きていけるものなのです。

この私でも、九十歳の今日まで、いろいろなことがありました。そのときそのときの結婚生活を一生懸命にやって、それでも駄目になったのだから、仕方がないと思うのです。

ストレスは体によくないと思うのです。昔は健全なる精神は健全なる身体に宿る、と言いましたが、私はその反対で、まず精神的に健康でないと、健康な体を持ち続けることはむずかしいと思うのです。

みなさんも決してストレスなんかに負けてはいけません。私のように九十歳になっても、これからまだまだ、心の持ち方次第で、愉しい人生が続いていくものだと信じて下さい。

この秋で私は満九十一歳

私はこの秋で満九十一歳になりますが、いまのところは、別にどこが悪いと言うこともなく、毎日原稿用紙に向かって書きものをしたり、私のもう一つの仕事である、きもののデザインを続けてしています。どうしてそんなにお元気なのですかと、よく訊かれるのですが、まあ、自然に暮しているからでしょうか、などと言っています。

まず、私の一日をどう過ごしているかと言うことをお話し致しましょう。朝は割合に早くて、六時頃には起きます。身繕《みづくろ》いをして、すぐ台所へ立って、朝食を作ります。

朝はパン食ですから、胡瓜と林檎、サニーレタスなどを細かく切って、マヨネーズで和《あ》えます。そのほかには卵を焼いたり、またベーコンを食べるときもあります。飲物は日本茶です。私は何よりも日本茶が好きなのです。食後の果物は必ず食べます。果物もやはり大好きなのです。毎朝パンを焼くあのこうばしい匂いがしますと、ほんとうに私は仕合せだなあ、と思って嬉しくなります。ときどき声に出して、私は仕合せだなあと呟く癖があります。

あと片付けも自分でします。それからちょっと休んで、机に向かって書きものをします。書きものをする時間は、決めてはおりませんので、そのときによって、二、三枚書いては疲れたら休み、また書き出します。

昼食はうちの人たちと一緒に食べます。私は元来粗食で、菠薐草《ほうれんそう》の胡麻よごしとか、目刺しの焼いたものとか、蓮や牛蒡《ごぼう》の煮物などで食べます。

午後はその日によって、取材の人が来たりしますので、それが了ると、また書きものをしたり、階下《した》のきものの仕事場へ下りて、きもののデザインをします。夕食も昼と似たようなものに、天ぷらが好きなので、野菜や海老などを揚げて食べます。私は一年中、食事は三度三度きちんと食べることにしています。

この年齢《とし》になりましても、食べることにはとても熱心なのです。夜はテレビを見たり、本を読んだりして、のんびりします。

仕事の合間に、足の運動のために一日五千歩くらいは必ず歩くようにしています。外出のときは危ないので、うちの人がついていてくれますが、家の中の生活は別に不自由なことはありません。こんな平凡な明け暮れですが、九十歳も過ぎると、私にとっては、これが自然な生活と言うものではないでしょうか。みなさんには、いつもの元気な私の顔ばかり浮かんで来るのでしょうが、この私でも昨年は働き過ぎて、一ヶ月ばかり入院いたしましたが、またすぐ元気になりました。岩手県で仕事をして東京へ帰り、また次の日に大阪へ出かけ、また東京の仕事と続いて、ちょっとこの年齢には無理だったのかと思います。

私は入院中には絶対に病院の先生、看護婦さんの仰言《おっしゃ》る通りを守るような模範患者になりました。退院しても必ず、ときどきは先生の仰言る通りに検査をして頂くようにしております。先週も検査に合格して、自分も満足しますし、うちのものたちも安心しているようです。私は絶対に病院の先生たちを信頼しております。昔の言い方で言いますと、「先生さま、」と言う、あの心境なのです。

人がおおぜい集まると、年のせいか、病気の話ばかりする人がいますね。私はそれが嫌いです。

話は替わりますが、私は若い頃から、とても貧乏でした。

よく人にこの話をするのですが、たった一枚のきものを冬は袷《あわせ》に、夏は裏をはがして着ていました。人が電車に乗るところを私はそのお金がなくて、朝起きて一生懸命歩いたこともあります。ただ顔だけはいつもきれいに化粧して、毎日の生活に夢中でした。誰でもこの私のことを可哀そうにと思ったことでしょうに、私自身は一度も自分のことを可哀そうだと思ったことはないのです。そんなことはちっとも気にならない、自分自身の生きている願望みたいなものは別のところにあると、はっきりとは分らないが、そう確信していたように思うのです。どんな所にでも人間の仕合せと言うものはあると思っているのです。幸福であるのも不幸であるのも、本人の考え方一つで決まると思うのですが如何でしょうか。私はどんな所からでも、私流に幸福を見つける自信があるのです。

生まれつき楽天家と言うのか、私は何事につけてもくよくよ考える癖がないのです。誰でもいつかは老人になって行くものです。その流れに逆らわずに毎日毎日を暮して行けば、私のようなものでも、こんなに長生き出来るものなのです。でも、ただぼんやり生きているのは可厭《いや》なのです。どんなことでもよいから、目的をもって生活して行きたいと思っているのです。

この歳になった私でも、やりたいことがまだまだあるのです。人生はほんとうに愉しいとはお思いになりませんか。

私は夢を見るのが上手

一年三ヶ月ぶりに、私は故郷の岩国へ出かけて行って、やっと今日、東京の家へ帰って来たばかりである。窓際に片寄せてあるベッドに腰をかけて、ぼんやりと田舎のことをいま思い出しているところである。

終日、縁側に坐って、庭の景色ばかり見ていたのであるが、都会から出掛けて行くと、庭の景色は見飽きると言うことがない。来るたびに、苔が高く盛り上って、普通の庭に生えているような小さな草は、一本一本丹念に抜きとってあるので、二、三百坪もある庭の面積が凡て蒼い苔でうずもれているようなのが、留守の世話をしてくれている人たちの苦労が分るような気がする。

もとはこの庭にも、紅葉のほかに松だの檜だの杉だのが植わっていたのであるが、いまは、ほとんど紅葉ばかりである。私は何でも、紅葉なら紅葉ばかり植えておくのが好きなので、これは眼に入って来る景色として、春の紅葉の芽の出た頃、夏の紅葉の真っ青な頃、秋の庭一面に燃え立つような紅葉の頃と、四季おりおりの変化は捨て難いものであるからだ。

今度の岩国行きの一番の眼目は、秋の紅葉を見たいと思ったのであった。この度はうちの庭に町の人たちが大ぜい集ってくれたのである。一年中、殆んど留守にしていることが多いので、いろいろと私の顔を見て、何か話がしたいのであろう、こっちへ帰って来るときは、みな名残りを惜しんでくれて、「来年もきっと帰って来んでは駄目でよ」と田舎言葉で言う人もあった。何とも心あたたまる風景であった。集った人の中に、昔、私の教え子であった人たちがいたが、皆もう八十二歳になると言うことで、私も今更ながら年月の立つの早いことに驚いて了った。

「先生は昔、とても別ぴんで、私らはよく叱られたが、別ぴんの先生が、とても自慢じゃった」と言って、私の手を握って、別れを惜しんでくれたのであった。

この私のうちの庭で、たった一つの私の自慢のものがある。それは、私が田舎の骨董品屋から買って来た大きな仏頭であるが、「どうも、これは買われちゃあ、やりきれんのじゃが」と言って、骨董屋が売り惜しんだものだけあって、ほんとうに立派なものである。その骨董屋の言い草であるが、その顔つきのええことと言ったら、何でもカンボジヤから来たものだと言うことである。耳たぼの長い、大きな、顔つきの優しいことと言ったら、「先生のお顔とよう似てますね」と言われて、私は嬉しくなったものである。

しばらく経って私は、知り合いの米屋から貰って来た大きな石の臼を、よく洗って、なみなみと水をたたえたのを仏頭の前へおいたら、とても形がよくなった。

家へ帰って寝る前に、私は長い間坐って、仏壇のところで手を合わせた。いつもの癖で、私は、「ご先祖さま、今日は岩国へ行って、庭が広くなったのを見て参りました。お父《とう》さま、二人のお母《かか》、薫さん、鴻さん、勝子さん、光雄さん、文雄さん」と一人一人の名前を呼んだ。二人のお母と言うのは、私の生母と後の母とのことである。

考えて見るまでもなく、私の父母兄弟はみな、私ひとりを残して先に死んで了っているのであるから、私は東京の家へ帰ると、出掛けた先のことを一々、報告するのは、生きていて私を待っている父母兄弟にするのと全く同じことで、これも一つの愉しみであった。そして、その報告がすむと、何とも心が落着いてなごむことも、全く同じことであった。

凡てのことが済むと、私は初めて気が楽になった。土産に貰った松茸は、鞍《くら》掛山《かけやま》の裏でとったものである。私は歯が悪いので、端から細かく切って煮て食べた。それでも松茸の香りが失せていないのも嬉しかった。勿論、仏前に供えるのも忘れなかった。

◆

私は何か遣《や》り始めようとすると、気が散ると言うのか、ちょっと遣って、途中で止めて了う。長続きがしないのである。

これでは、どんな立派なことでも、終りまで遣りとげると言うことがないのである。一番こまるのは、私の本業である文章を書くことであるが、尻切れ蜻《とん》蛉《ぼ》のままの短い文章が、幾つも幾つも出来たのでは、何の役に立つのか分らないではないか。

どんなことでも或る分量が集って、これはこれで、こう言うものが出来るのだと言うことが、一目瞭然に分らなければならないのである。

◆

私くらい、夢を見るのが上手な人間はないのではないかと思う。

うちの経理の新保先生は、頭髪《あたま》にちらほら白いものが見える齢頃であるのに、その新保先生の息子である剛《たけし》ちゃんは、いまが若い男の真っ最中である。ついこの間、新保先生のところの事務所の新築祝いに、私も招待されたのであるが、その祝いの席に腰をかけている間中、私は剛ちゃんの男振りに、身も心もそぞろになるほど気をとられていることに気がついた。「先生、先生がお帰りになるときは、僕がお宅までお送りいたしましょう。僕にお送りさせて頂けますね」と言う剛ちゃんの口振りは、まるで、私のそのときの心の中をぱっちりと見抜いて了ったもののようなのであった。

私は「ええどうぞ、いま、私の方から、そうお願いしようと思ってたところなのよ」と平気で言った。剛ちゃんと二人で列《なら》んで歩いている道々で、私はうっかり、こんなことを言って了ったのである。「その代り剛ちゃん、まだ、いまから七年もさきのことですけど、私の九十九歳の白寿の祝いのとき、私をエスコートして下さるわね」「先生の白寿のお祝いのときですって。あ、僕は信じられないほど仕合せですよ。そのときが来るまで、まだ七年もあるのですか。そのときが来るまで、僕も男を磨いて待ってますよ」と剛ちゃんが言った。

その声が、いまも耳に残っている。やっぱりこれは、「私くらい夢を見ることの上手な人間はないのではないか」と言うことなのである。

◆

私は何かを思いついたことがあると、すぐ手近かな紙にメモをとっておく。メモは使えるのもあるが、使えないのもある。或る枚数、使えるのが集まると、紙縒《こより》りで綴《と》じて取っておく。

この紙縒りで綴じたものでも、そのままでは使えない。機会を見て、知り合いの雑誌社へ持って行き、それを選り分けておいて貰う。この選り分けておいて貰ったものを、数珠つなぎのようにしてつなぐと、まあまあ、何とか読める文章になるのではないだろうか。

この文章があって、私は初めて生きて行くことが出来るのである。自分が書いたもので、自分が生きて行けるとは、何とも愉しいことではないか。

それにしても、これらの文章はいろいろと作ったものであるから、いかにも生きが悪い。これはいきいきしたものに、もう一度、作り替えなければならぬ。

よい文章と言うものは、見ただけでさっと眼の中へ入るようなものであるからだ。私は今日からは文学か文章と言うものより他のことは何も考えないようにする積りである。

生活の凡てが文学、と割り切って考えれば、こんなに分り易いことはない。朝起きて、私は自分で朝食を作る。私の朝食と言うのは、人が見たら噴き出すかも知れない。私は今日から、文学か文章かと言うものの他は、何にも考えないようにする積りなのだから、この自分の作る朝食が、どんなものか分るだろう。白い飯と香の物と大根の煮たのだけでも贅沢である。文学である。文章である。大根煮〆を作る時間があるだろうか。

これもやっぱり、老齢になった自分へのはげましが必要になったのかも知れないのである。

◆

私は一体、何を考えて生きているのであろう。朝から晩まで、何を考えている、と決まったことではなくて、しかし、人には言えない何かが、頭の中一ぱいに詰まっている。いま、あのことを考えていたと思うと、またすぐ違うことを考えているのである。二つの間には、何の脈絡もないかと思うと、それがそうではない。ぴったりと、まるで同じことであるように、一種混沌とした雪と炭とのように、解明し難いものかと思うと、全く違うのである。

それを考えると、私の考えていることは、まるで私自身を苦しめるためのようにしか思われない。このことが解明されなければ、何を安閑として生きて行けるか、と思われる。いや、安閑として生きて行けなくても好い。この中途半端の中に、私の答えがあるかと思われるからである。

愉しい好きなことだけを

私は満九十三歳になる。世間から見れば長寿と言うことなのだろうが、特別な健康法があると思われても、当然なことかも知れない。

しかし、今ここに取り立てて言うほどのことがあるだろうか。私は若い頃から風邪をひいて寝込んだりしたことはめったにない。肩こりしたことも経験がない。生まれつき丈夫な体なのか、と言うと、そうでもなさそうである。実母は肺病で死んだ。私もその血統をついだのか、若い頃は結核にかかったが、特別な養生をした覚えがない。若い頃なので自然治癒力が、特別に働いたのかも知れない。

私は自分のことを、今、若い人たちの間で流行している、オタク族のはしりではないかと思うことがある。私は何にでも、凝る癖がある。好きな人が出来ると、その人の気に入りそうな好きそうなものを、あれこれと考えたりすることに夢中になる。暫《しばら》くはほかのことには気が入らない。その間は、風邪をひいて寝込んだりする暇もないのである。年をとって恋をしなくなっても、忙しい。

瀬戸物好きなので、ついあれこれと雑器の古いものを見つけては、買い集める。十年ほど前、岩国へ帰ったとき、古道具屋で、十九人前の脚高の黒塗り膳を買った。さてこの膳の上に並べる茶碗、さしみ皿、汁碗、湯呑などを、十九人前と言わず、二十人前ずつ揃えることにしたから、それからが、大変なことになった。

茶碗は赤絵の魁《さきがけ》茶碗の見本を見せて、これとそっくりの茶碗を作って貰うように、京都の五条坂の瀬戸物屋に頼んだ。

しかし五条の窯で焼いて貰うのであるから、二十個だけと言うわけにはいかない。百個は頼まなければいけない。茶碗と湯呑を百個ずつ計二百個も頼んだ。半分は残してあとは売ることにしたが、うちに来る人たちに一個二個とさばいて行くことにした。これも、面倒なことではなく、結構、面白い。ちょっと、ましな茶碗なので、沢山作ると、金の余裕がなくなる。その金を作るのも、いやなことではない。むしろ愉しいことである。

さて、十九人分の膳の上にのせる瀬戸物が揃って見ると、今度は十九人の客が招《よ》びたくなる。

煮物、汁などの十九膳の料理を作るのは、大変なことであるが、これが生甲斐なのである。大変なことが面白いとは困ったことである。招んだ客に作った料理を「どう、おいしいでしょう。」旨くない筈がないと思い込んでいるように、聞いて廻ったものである。

私の友人の父親で、九十二歳でスクーターの免許の更新に行った人がいる。その人は毎朝、大麦の青汁を呑んでいると聞いた。早速それをやって見ることにした。大麦の芽が五、六センチのびたころを摘んで、すり鉢で摺る。それに水をちょっと加えて呑むのである。

青くさい匂いが、部屋中に充満する。決して旨いものではない。それどころか、口もひんまがりそうに苦いのである。毎日、新しい芽を摘むのであるから、種を播くとき、日をずらして、毎日、少しずつ播く。使った床は、また新しくして種を播いておくと、幾日かすると、芽が出る。こうして、毎日、新しい青汁をのむのである。

或るとき、園田天光々さんから、ヨーグルトの菌を分けて貰った。ブルガリアから持ってきた菌である。この菌を牛乳の中に入れて、適温で発酵させてヨーグルトを作る。うちへ来た人は、必ずヨーグルトをたべさせられる。このほか、玄米をたべた時間《とき》もあった。

この他にも健康に良いと言われることをすぐやって見るのである。何か、やり始めることが好きなのである。あまり続かないのは、私の悪い癖で、今は人参ジュースに凝っている。リンゴと人参とセロリなどのジュースである。岩国の生家へ帰ったときも、那須の山の仕事場へ行ったときも、ジューサーでこのジュースを作って呑む。

また、これも、いつの日か、他のものに変らないと、言い切れるものではない。しかし相手が変っても、変らないことは、自分が面白い、愉しい好きなことだけをすると言うことである。私の面白いことの中には、人によっては、面倒くさい、大変なことがはいっているのかも知れないが、私にとっては、とても面白いことなのである。

私は、いつでも、いやなことは忘れることにしている。自分にとって好いことだけを覚えていることにしている。老人だから、忘れるのだろうと言われるかも知れないが、そうではない。昔からの私の習慣で、今になると、私の特技ではないだろうか。九十三歳になって、もう死ぬなどとは考えたこともない。死んだ後のことは、死んでから考えれば好いと思っている。

死ぬときまでは生きているのであるから、楽しいことだけを考えて、毎日を送りたいと、念願しているのである。この齢になっても人生は、毎日毎日考え方一つで、なかなか面白く愉しいものである。

気に入った笑顔

虎の門病院を退院してから、すぐに、少しでも仕事をしたいと思っていたのに、不思議なことに、病院で食べたものが、あんまり味が淡白であったので、自分の食べるものはもっとしつっこいものを、あれこれと自分で作ってみたいと、まるで料理人が考えるものでもあるかのように、頭の中は自分流の料理の材料のことで一ぱいになって了ったのである。ぶりの大きな切り身一きれ、上等の牛肉をたっぷり、と言うようにして、その外にさもうまそうな大きな大根を見つけて来て、厚く切って、すぐ火にかけて、一日がかりでぐつぐつと煮て、それをまだかまだかと台所に子供のように見に行ったのである。

去年から今年にかけて三回も入院と退院をくりかえしたのであった。四ヶ月も病院にいて、きのう退院したばかりなので、書きものの方はまるで進まない。さあ、それは不器用な私のことであるから、あっちをやったり、こっちを書いたりするような訳には行かないが、それでも、案外、うまそうな煮〆は出来たのである。

それにしても月日の経つのは早いものである。私は九十何年か前の十一月二十八日の朝か夕方かに生まれたのだと言うから、十一月二十八日が来れば私はかならず、一つ年齢をとるのである。言いかえれば、私は満九十四歳になる訳である。煮〆から眼が離せないどころではない訳である。

世間普通に言うと、九十四歳の大おばあちゃんになる訳である。また、来年の十一月二十八日が来れば、私はもう一つ歳をとる訳であるから、知らぬ間に、いつの間にか百歳になる訳である。

若い娘のときには、一つでも年をとるのが厭であったが、いまになると、人間の寿命だと言われる百二十五歳になってもそれはそれで、考えることであろう。

百二十五歳になると、私はあっちの世界に行くことになるのかな。あっちの世界は私は見たことはないが、しかし、はっきりとこの眼で見たように、私には見えて来る。浮世にいたときとは、まるで違う。

私は行きたいと思うところに、自由に行くことが出来る。昨夜、眠っていたら、見た夢であるが、昔の人が言った言葉に、「昨日までは、人のことだと思いしに、今日は俺《おい》らのことか、こいつあ堪らん、」と言うのがあって、思いがけないときに、ふいに、あっちの世界が現われて来る、咄嗟の間の思いがけない驚愕が、そのまま表現されて来ることが、私のところまではっきりと見えて来る。今日は俺らのことか、と言うその驚愕がまざまざと見えるのは、それがあの世のことだと分っているからであろう。

いまから私の死ぬときまでは、何年とはかからないであろう。永いようで、ちょっとの間《ま》のことかも知れない。そのちょっとの間に、私は凡てのことを悟るのである。それはそんなに難しいことではないであろう。

しかし、この間には、辛いこともあるかも知れないが、愉しいこともあるかも知れない。のんき者の私は、ひょっとしたら、愉しいことの方を多く心に思い浮べることが多いかも知れない。あの世へ行くと言うのに、こんなに愉しいことの方を心に思い浮べることが多いのは、おかしいと思うが、ひょっとしたら、死ぬときまでそれほど辛いとは気がつかぬのかも知れない。

死ぬときの顔をのぞいて見たら、さもこれから私は愉しいところへ行くのよ、とでも思っているように、にこにこしているのかも知れない。にこにこしていてはほんとうはおかしいのかも知れないのに、如何にも自然な様子なので、あ、そうか、お前さんはこれから愉しいところへ行くところなのね、とのぞいて見た人間まで笑顔になって、のぞいて見るのであった。

おかしなこともあるものだ。人のしていることを見ているうちに、つい、自分もその人のしているのと同じような表情になるものである。それに、自分で考えてみても、自分の死に際に、いかにも情けない悲しそうな風にしているのは、端《はた》の人が見ても、どうもあんまり格好がよいものではない。ひょっとしたら、死ぬことなぞ、もうずっと前から考えていることなのだから、馴れっこになっている。

言ってみれば、馴れっこになっていることなのだから、いまさら、始めて吃驚仰天するほどのことではあるまい。喜び勇んで行くのではないまでも、まあ、馴れっこになっているところへ行くのだから、笑顔をしたまま、行くことが出来れば、それに越したことはない、などと思っているうちに、その笑顔をしたままの自分が、私は気に入っているような気持になったものである。人間、自分の気に入った表情のまま、死ぬことが出来ることが私の何よりの願望である。

人生とは、行動すること

私は若い人が好きである。若い人の百パーセントに生きている姿が好きなのである。若さとは何か、ひと言で言えば、生きが良いと言うことがその凡てである。

それは制御することの出来ない生きる活力の所為《せい》である。

そうであった。その頃、私は若く、そして貧しかった。食べるために電車賃を節約して歩いた。一枚の着物を工夫して、冬も夏も着た。しかし、私の生きて行く願望は、別のところにあった。

私には未来があった。希望があった。出会いがあった。私にとって、生きることは、行動することなのであった。

いくつもの恋をした。そしてそれと同じ数だけ失恋したのであった。いつの場合も経緯は同じであった。私の恋は、考える隙のないほど素早く始まり、そして終わるのであった。

好きな人が目の前に現われると、私は忽ちにして、その人のとりこになり、前後もなく考えずに行動を開始するのだった。何の逡巡《しゅんじゅん》することがあろう、私はその人の目を真っすぐに見て、「私はあなたが好きです。」と言った。好きだと言われて不愉快に思う人はいなかった。恋は成就した。

私はまた、これは参ったと思うほどの失恋を何度か繰り返した。そのたびに、身をひるがえして、そのどん底から起き上った。その目にもとまらぬ素早い変り身が私を救ったのであった。

考える前に私の体は動いた。気がついた時は、すでに一歩を踏み出していた。人間は頭で考えるのではない。体で考えるのである。

そこには、善悪の入りこむ隙さえない。百パーセント生きている人間がいるだけである。思考は、この無鉄砲とも思える行動によって、引き出されるのである。成功も失敗も、結果にすぎない。何のおそれることがあろう。

人はそのようにして人生を学ぶのである。若さとは、年齢ではないと思う。

この秋、九十五歳を迎える私も、若い人たちに負けないように、生きの良い毎日を送りたいと念願しているのである。

欲望の整理

年を取ると欲がなくなると言うが、それはほんとうであろうか。私は、この秋に九十五歳を迎えるのであるが、この説は、どうも、ほんとうには思えないのである。欲望がなくなるのではない。質が変化するのである。若い時には、雑多に我と我が身を占めていた欲望が整理されるのである。単純化されるのである。

あの、灼《や》けつくような欲望は今はない。激しい渇望も去った。いって見れば、生きが悪くなったのである。

しかし、私は、今のこの自分が好きである。私にとって、今いるこの場所、この時が私の人生なのである。少し、生きは悪くなったが、私には、毎日することがたくさんある。希望が胸の中に湧いて来るのである。私にはまだまだかくされた能力があると、自分なりに思っているのである。その能力を探し発揮していくことが、生きることなのである。そして、むずかしいことかも知れないが、「おはん」を超える作品を書きたいとまだ思っている。このことに私は一念をかけて、毎日、出来るだけ机に向っているのである。

私の毎日の生活は、とても単純である。朝起きるのは、大抵七時頃である。顔を洗う、身仕舞をととのえる。朝食はパン食が多い。うすく切ったパンにジャムをつける。おかずは玉子とサラダである。果物も必ず食べる。うまい。私は、年に似合わず食欲がとても旺盛で、これを自慢の種にしているのである。中国には「食にまさる薬なし」と言う諺があると言うが、一年の中、私には食べたくないと言う日は一日もない。毎食が待ち遠しいほど愉しみなのである。この食欲が私の生命を支え、健康を支えてくれているのである。勿論、お昼寝も、度々する。

そして、机の前に坐る。書くことがあってもなくても必ず坐る。この坐るという習慣を私は六十年も毎日自分に課してきた。文学を志すものとしてのささやかな義務と言えようか。ちょっと気がすすまなくても、私は坐る。そしていつかよい作品が生まれるとしたら、こんなに嬉しいことがあるだろうか。

さて、ある日のことであった。私は思いついてうちのものたちに言ったのである。

「もう一度、家を建てたい。気に入ったデザインで便利で住み易い家を建てたいね。」

突然のことだったので、うちのものたちもさすがにびっくり仰天してしまったが、まじめに応じてくれたものであった。

「まあ、先生、素敵ですね、できたら、私もその家の一室に住まわせて下さい。」

「僕は一番上の階がいいな、眺めが良いから。」

私は皆の反応が面白くて、しばらくその話で茶の間は賑わった。

私は一生の中に度々家を建てた。借金をしても家を建てた。あの家を建てるときの高揚した心の状態が、老齢の私の心に再び甦ったと言ったら、人は可笑《おか》しいと思うだろうか。

この思いつきに現実味はないとは言えない。人間はいくつになっても生きている限り、何事も出来ると思えば出来るのである。

こんな私を世間の人は、おめでたい人間と言うのだろうか。

ごく自然に

私は大分耳が遠い。きこえにくくなったのは八十歳を過ぎたころであったろうか。

はじめの頃はとても不自由を感じた。あるとき人から、「昔から耳の遠い人は長生きをすると言われているんですよ。先生はやはり長生きの系統なんですね。」と言われた。その言葉を私は慰めとは受け取らなかった。

そうだ、その通りだと思ったものである。「まあ、そうですか。それはよいことを聞きました。私は、百歳までも、百二十五歳までも長生きをしますよ。」と言ったものであった。

人間九十五年も生きていれば、かならずどこかは、くたびれてくるはずである。私の田舎に、古い自転車を自分で直し直し、二十年近くも乗っている人がいる。新しい自転車を買って上げようと思っても、もったいないと言ってことわるのである。それがその人にとっては自慢なのである。私の体も同じようなことかも知れない。

私には書く仕事がある。書く仕事に耳の聞こえないことは決定的なマイナスではない、と自分では思うことにしている。少しくらい聞こえなくとも、今、現在、私は、こうして書いている。何を気にすることがあろうか。そう自分に言いきかせているうちに、いつか、それも自然な状態になった。きこえないことが日常になったのである。

補聴器をつけるようになったのは、ここ六、七年のことである。はじめは雑音が気になって、すぐに外しては、うちのものたちに迷惑をかけたものであった。今は慣れたというより、そんなことはいっていられなくなったのである。

人間はどんなことでも、慣れれば平気になれるものなのである。

ところで、最近、私は、この耳の聞こえなくなったおかげで、面白いことを発見したのである。

ある日のことであった。仲良しの知人が来た。映像の仕事をしているために、世界を駆け廻っている。私とは孫ほども年がちがうのであろうか。二、三日前にアフリカから帰ったばかりであるという。

「象と暮らしている女性に会って来たんですよ。その人は象の言葉が分るんです。」と彼は言った。

「まあ、象の言葉が分るんですか、その人に是非会いたいものですね。」

私は思わず身を乗り出した。

彼の言葉がごく自然に聞きとれたのである。ごく普通に会話が成立したのであった。深い安らぎが体中にしみわたるようであった。

「まあ、先生、Tさんのお声はよくきこえるんですね。きっと音の波長が合うんですね。」

そばにいたうちのものが、びっくりして言った。言われて、私も改めて自分が、ごく普通に話していることに気づいた。

この話を中国の気功を勉強していると言う人に話した。その人はこう言って謎をといてくれた。

「気が引き合うんですよ。気の合う人の声は、心をいっぱいに開いて受け入れるのです。先生は、その方がお好きではありませんか。」

「ええ、だいだい、大好きですよ。」

私の声が明るく弾んでいたのが、自分でもわかった。

よい気はよい気を呼ぶ、悪い気は悪い気を呼ぶのである。私はこれからも、よい気を呼び合って生きて行きたいものである。

ところで、うちのものたちが、ベランダに雀のえさをおいたら、毎朝とんで来て、えさを催促するようになった。その雀のしぐさがとてもかわいい。都会の真中に暮らしていると、こんなささいなこともうれしくなるものである。

待つことの人生

私がこの仕事場に来たのは何年ぶりのことであろう。久しぶりのことであった。仕事場には、五坪ほどの小さな庭がある。ガラス越しにのぞむ新緑が明るい。ある期待が私の胸をかすめた。私は一気に庭に面したガラス戸を開けた。私は、あっと声をあげた。幹に、濃緑色の葉を繁らせたポンカンの木の姿が私の目にとびこんで来たのである。

「見てちょうだい。あのポンカンが、こんなに大きくなって」

うちのものたちがかけ寄って来た。

「まあ、何と言う立派な木でしょう。先生ほら、つぼみがついていますよ。待った甲斐がありましたね」声が弾んでいる。

そうなのである。私は待った。忘れるほどに待った。待つことのこれが結果なのであった。私がこの庭にポンカンの種を蒔いたのはいつのことであったか。六年前か七年前か。しかし、種を蒔いたのに、それはいつまで待っても芽を出さなかった。私は、この庭の土壌がポンカンに適していなかったのだと思って、簡単に諦めた、インド原産の柑橘類であるから、この東京の庭では無理なのだろうとも思った。ところが、しばらくたったある日のことである。仕事場に掃除に行ったうちのものたちが、帰って来ての話で、そのポンカンの種から芽が出て、青い葉が立派に出ている、と言うのであった。

どうしたことが起こったと言うのだろう。私は車を飛ばして仕事場に行った。出ている。出ている。小さい青い葉が出ている。一つ一つ注意深く見ているうちに、私はあることに気がついたのであった。私は、種を蒔いたとき、目印のために、その場所に一々割箸をさしておいたのであるが、その割箸の立っている、ある場所には生え、ある場所には生えていないのであった。

そうか、そうなのか、ポンカンは、そう簡単には芽を出さないが、確かに、ここは気に入っている、と言うところには、ちゃんと芽を出しているのか。このポンカンの種にも心があるのだ、そう思うと、何とも言いようのないほど、そのことが面白いのであった。

私は、ここで一つ、自戒することを忘れなかった。私はいつでも、何か思い立つことがあると、そのことが直ぐ、自分の思っている通りになるように思う癖があった。つまり、自分の思っている通りにならないとき、それが思っている通りになるまで、待つことが出来ないのであった。

しかし、今は違う。辛抱しよう。そう思った。ポンカンの芽が出ても忽ち、それに実がなるなどとは、決して考えないようにしよう。そう思ったのである。芽が出て、この庭にしっかりと根を張れば充分である。

私は自分の蒔いたポンカンの芽が出たことなど、忘れたようにしていよう。そして、私の知らない間に、その芽が、一ぱいに青い葉をつけた、大きな、高い木になるまで知らない顔をして放っておこう、その木に実がなるまで、知らん顔をして放っておこう、そう決めたのであった。

とたんに私は愉快で堪らなくなった。胸の中が広々としたように感じたのであった。

待つことだ。待つことだ。あの甘い、じゅっと汁の出るポンカンの実を、食べたいだけ食べられるときの来るまで。

私は待った。いや、忘れた。それから、どのくらい経ったのであろうか、その間には、私の身にもいろいろなことが起った。うちのものに不幸が起ったり、私も、ぎっくり腰や心臓で入院したりで、仕事場に行く回数が減った。特にここ、二、三年はすっかり足が遠のいていた。

私が忘れていた間に、しかし、ポンカンは、確実に、育ったのだ。私が知らない顔をして、放っておいた間に、この土が、太陽が、雨がポンカンの生命を支え、成長させてくれたのであった。

私は待ったと言った。忘れようとしたと言った。しかし、正確に言うと、それは、預けたと言うべきかも知れない。委ねたと言うべきかも知れない。ポンカンのことはポンカンに預けたのである。私は、自分の心を自然と言うものに委ねたのであった。

そして、今、時は満ちたのである。

それにしても、と、私は思うのである。これまでの私の人生は「待つ」と言うことのない人生であった。私はいつも駆け出していた。走っていた。停ることを知らない、ひたすらに前へ進むだけの人生であった。

目いっぱいにひろがる、この青い葉を繁らせたポンカンの木の何と言う安らぎに満ちていることだろう。

老齢が、私に待つと言うことを教えてくれたのであったのか。これも一つの人生の知恵であろうか。

私と麻雀

「先生、今の楽しみは何ですか。」とよく人に聞かれる。即座に私は、「麻雀ですよ。麻雀だけです、毎日でもやりたいくらいですよ。」と答える。本当にいつまでも毎週私は、麻雀をしているのである。七十年も続けているとは、われながら呆れたものである。九十六歳にもなるのにといって、吃驚仰天する人もいる。でも自分では、不思議でもなんでもない。麻雀が大好きだから、ずっと続けて来ただけである。

好きなことをやるのが、自分の幸福《しあわせ》にもつながっているというのが、私の信念なのである。

麻雀を覚えたのは、尾崎士郎と馬込に住んでいたころである。私に麻雀を始めて教えてくれたのは、広津和郎である。広津和郎は、とても親切に教えてくれた。私はその面白さに、すっかり夢中になった。朝から晩まで麻雀びたり、尾崎の食事を作りに帰るのを忘れることも、しばしばであった。そして尾崎が若い娘に心を移したのも、原因の一つは私の麻雀狂いにあったのかも知れないと言えば、人は本当だと思うだろうか。私は、今でもそんなことだとは、これっぽっちも思っていないのである。

麻雀の面白さはとても奥が深い。何よりも人生に似ている。能力のある人が人生と言うレースの勝者になるとは限らない。麻雀も腕だけでは勝てない。その時の運に左右されることが非常に多い。その運もしばしば片よっている。つきだすと、つきまくるが、つきに見放されるとどんなにあがいても駄目である。つ堅実な麻雀は、打つことはできるが、人生と同じように浮き沈みがなくなることは、絶対にないのではなかろうか、又、麻雀にはその人の性格もあらわれる。

一攫千金を夢見て、いつも、大きな手に挑んでは他人に振込み大けがをする人。逆にどんなにいい手ができていても、危険な牌がくると、あっさり降りてしまう人。まあいろいろあるがすべてその人の性格のあらわれであると私は思っている。勝負をしながら人生を感じ、相手の性格を知ることが出来る。

本当に、こんなおもしろい遊びがほかにもあるだろうか。私は、おしゃべりをしたり、冗談をいったりしながら、麻雀をやるのが苦手である。私は、だまって相手の振り出す牌を見て考える。誰だってそうだと言われるかも知れないが、私は、あまり真剣なので、おしゃべりなどしてはいられないのである。

きれいな手が出来る。そしてそれで上ったときは本当に気持がよい。思わず、大きな声でローンと叫ぶ。嫌いな牌は、最初から捨てていくので、皆にいつも笑われる。

私は、三年前に大病をしたので、いまも月一回、虎の門病院に診察を受けに行く。主治医の中西先生から、「宇野先生、今日は大丈夫ですよ。どこも異常はありません。」と言われるとつい嬉しくなって、その日は、帰ってから臨時にお祝い麻雀をする。週末のきまりとは、別だからわれながら、普通ではないのかも知れない。

この頃の常連は、昔、うちで働いていた、上條君や高橋君に毎日新聞の川合さんにうちのものたちなどである。時々、女優の山本陽子もかけつけてくる。

私は五時間や、六時間はまだ平気である。

この年になっても、少しは本業の書きものが出来るのも、この麻雀のおかげかも知れない。

ほんの少ししか賭けていないが、それでも勝てば嬉しい。小銭でも出すよりは、入れる方がいい気持だと言ったら、笑われるだろうか。

「私が死ぬ時は麻雀をやりながら、ころんと死にたい位だよ。」と言ったら、うちのもの達が「死んだら、かならず麻雀牌の型のお墓を作ってあげますよ。」と言ったので、大笑いしたものであるが、私は、まだまだ牌の墓の下に入るよりは、これからも牌をいじって暮して行きたいのである。

好きな人が出来たときが適齢期

少し前までは、冗談なのか、お世辞なのか「先生、また結婚するつもりがありますか」などときく人がいたが、さすがにこのごろはいなくなった。ことし誕生日が来ると私は九十七歳になるのだから、当り前の話である。

ただ、私のごく身近かに結婚するのかどうかとても気がかりな一人の青年がいる。青年といっても、もう四十三歳になるそうだから本当は中年と言うべきなのかも知れないが、私からみれば青年である。その青年の名前を仮りに満君としておく。満君は外見も若々しく性格も素直だし、何より私は子供のころから知っているから、実際のいまの年齢をきいても、信じられないくらいなのである。満君の家と私の家は、何十年も親戚同様のつきあいがつづいているのである。満君も私の家をわが家同然に思っていて、少し時間が遅くなると泊って行くのが当り前になっている。それほど満君はわが家に頻繁に出入りしてなにかと仕事を手伝ってくれているのである。

その満君がまだ結婚していないのである。優男で、女性にもてないはずはないと思うのだが。浮いた噂もあまりきかない。家族は両親との三人暮し、両親も人柄のいい立派な夫婦である。何かうちのまわりのものが心配して、ゴソゴソ相談してはお嫁さん探しをしているらしい。らしいというのはまだ私には直接話をしてこないからである。

満君自身はなぜ結婚しないかを話したことはないが、別に独身主義というわけでもなさそうである。たまたまどうしてもこの人という女性に巡り合わなかったということらしい。あるいはおとなしい優しい性格が災いして、好きな女性があらわれても、あと一押しが足りなかったのかもしれない。たぶん満君はこれまで積極的な行動を起こしたことはないのではなかろうか。人生とは面白いもので、なにか行動すると、またそのあとに新しい行動が生まれると思うのだが、なにもしないところからは、なにも生まれはしないのである。満君は失敗を恐れているのではないだろうか。失敗を恐れることはない。まちがったと思ったらやり直せばいいのである。人生にはそのぐらいの時間はあるものなのである。

私は満君を自分の子どもか、孫のように思っているので、できれば一度は結婚してほしい。そして一度は家族というものを作ってもらいたいのである。私は幼いころの岩国の家を思い出すと、いまでも胸のなかにぽっと灯がともったような気持になる。家庭のもとになるのが夫婦である。

私自身が子どもを生まず、結婚にも失敗したので大きなことはいえないが私はいまの男たちと別れたのは自分の努力が足りなかったからだと思っている。男との生活の中で自分が邪魔ものだと感じた瞬間、身をひるがえして退席するという私流のやり方は今考えると正しかったのだろうか。

神様が男と女とを作ったということは、男と女がいっしょに暮すのが自然だということではないだろうか。このごろは結婚しない男や女がふえたそうだが、私は賛成できない。男と女がバラバラに暮すのは、不自然だと思うからである。

満君が歳をとりすぎているのではないか、という人もいるが、私はそうは思わない。これは私の持論なのだが、結婚に適齢期などない。好きな人が出来たときが適齢期なのである。

最近その満君が、お見合をした。きくところでは、お互いに気に入ったようだ。私は嬉しくて仕方がない。なんとかうまくいってほしいと、めったに手を合わせたこともない神棚でも拝みたいくらいの気持ちなのである。

しかし、もしこの話がうまくいかなくても、人はまだこれからやることがあるというのは生きているのに希望があるということで、どんな人間にとっても嬉しいことではないだろうか。

自然だけではなく人間も変った

私は、いまでも年に二回ぐらいは、那須の仕事場へ出かける。那須高原にはじめて小さなプレハブの家を建てたのは、二十余年も前のことであった。私は現在九十六歳である。那須に家を建てた時のことをこんなにもよく覚えているのは、その時私は長い間一しょに暮した北原武夫と別れてまもないときであったからである。たまたま何人かの仲間に誘われて、買う気もないのに那須の原野を見に行ったのだが、ほかの人が、五百坪、千坪と買うのを見ているうちに、私も急にこの土地が欲しくなったのである。衝動的になにかにつき動かされると、すぐ行動に移すと言う私の困った性分が、この時も顔を出して了ったのである。しかし、私はほかの人のように金持ではなかったので、沢の上の九十六坪の土地しか買えなかった。それでも私は有頂天になった。六畳に三畳の台所と言うプレハブの家ができるまでの十日間と言う日が待ち切れなくて、湯本の温泉宿で仕事をしながら泊り込んでいたのである。それから暫くの間、私はこの那須の家に夢中になった。土地も少しずつ買い足して六百坪ほどになった。家も建て増し、建て増し、沢の向うには、白塗りの洋館を建てて長い鉄骨の廊下でつないだ。

人はこう言う私を見て、何と思っただろうか。宇野千代は北原武夫と別れた寂しさをこの家を建てることで、まぎらわしていると思っただろうか。私は眼の前にある楽しみにただ夢中になっていただけのことなのである。

当時は放し飼いの馬も、ところどころで見かけた。野うさぎなども姿を見せた。初夏にはうぐいすの鳴き声がしきりで、私はその声をまねて鳴き返して見た。するとうぐいすも鳴き返してくる。とても幸福な気持になった。

人間はそう言う単純なことにでも幸福になれるのだから、うれしいものである。私がはじめて家を建てたころ、あたりには一軒の家もなかった。クレソンが群生している水辺があったし、季節には蕗もタラの芽も採れた。特に私は、タラの芽の天ぷらが大好物でこれを食べるのが、那須へ行く何よりの楽しみの一つなのである。よもぎを摘んで草団子を作ったこともある。

ところが私の年齢と共に、那須の自然も大きく変った。いまでは私の家のまわりにも別荘がたくさんできた。クレソンの群生した水辺もいまは、他の家にかこまれてしまった。

タラの芽も採れる量がめっきり減ってしまった。動物たちの姿を見ることも少くなった。ほとんど変らないのは、わが家の庭である。新緑と紅葉のころが特にいい。北原武夫にそっくりの顔立ちをした「北原地蔵」もうすく苔むしてきて一そう趣きが出てきた。苔むすほどの時間が経つと、思い出のなかの生臭さがすっかりきえてしまうのは、本当に不思議でならない。

自然だけではなく人間も変った。那須の家の表札は小林秀雄が書いてくれた。小林秀雄は同じ那須の里見弴の別荘にも、ときどき遊びに来ていた。近くに横山隆一の別荘もあった。青山二郎も中里恒子も那須の私の家に来てくれた。

近くに那須ロイヤルセンターと言うホテルがあって私はその頃、そこの乗りものが大のお気に入りだったから誰でもかれでも、そこに連れていったが、青山二郎はばかばかしいと言い、中里恒子は何にも言わず白けた顔をしていた。青山二郎は私の那須の家をつぎはぎだらけの万博のパビリオンと、悪口を言ったが「ただし庭だけは小堀遠州だ」とつけ加えたので、私はとても満足したことをおぼえている。

中里恒子が一度持って帰ったお地蔵さまを「気が変った」と言って返して来たことがあった。今は那須の庭のもとの場所に置いてある。「宇野さん何だか私、安心したわ」と言う中里恒子の声が聞こえて来るような気がする。

ここに書いた人は、もうこの世には誰もいない。今は私だけが生きている。なぜ私だけが生きているのか、考えたこともない。

天狗久と私

「初代天狗久《てんぐひさ》こと吉岡久吉は安政五年徳島の在、和田、中村に生れ吉岡家を継ぎ、後、川島富五郎に師事し、人形師となる。その技、内外に知られ名人と称せられる。昭和十八年十二月二十日　八十六歳にて逝去」

今から約五十年前、私の人生観も変わるようなこの人との出会いがあった。戦争の最中、昭和十六年のことであった。当時の中央公論、嶋中雄作さんの所でこの人の作った人形を見せてもらった。

「阿波の鳴戸」のお弓でひなびた手織縞の着物など着せてあるのにその面ざしの深い愁いが、人の心に迫るように思われた。そして私に、言いようのない深い気持を感じさせたのであった。一体こんな人形を作ると言うのは、どういう人であろうと思い、只、それだけのことで、私はその頃ではまだ遠い四国までわざわざ会いに行ったのであった。天狗屋久吉は、日がな一日往還に面した仕事場で頭《かしら》を彫り続けていた。おかしな性癖で私は何かやり出すと、所謂《いわゆる》のぼせてしまい、徳島の旅館に宿をとり、毎日、天狗屋の仕事場に通い話を聞き「人形師天狗屋久吉」と言う本を書いたのであった。人形に魅せられたか、それにも増して天狗久と言う人形師の話に魂をとられてしまったのであった。天狗久はその時八十五歳であった。

私の注文によって、その後、人形の頭をいくつか作ってくれた。手帖を出して、私がその話を聞きとるのもいやとは言わなかった。

半月も通ったろうか、天狗屋はこう言った。「芸と言うものは、わが手には及ばない、くうなところにあるもので、神さまの助けてつかわされると言う風なものではございませぬ」。言い替えれば、能力と言うものは天与のものではなく、自分の手で作るものだと言うことを話した。天狗屋は人形師であって哲学者のような考えを持っていたと思う。それからの私は天狗屋の真似をして、かならず毎日、机の前の座ぶとんに坐って仕事をするようになった。私の一生の中で少しでもましな作品があるとすれば、この天狗久のおかげだと今でも思っているのである。

私の文章作法

小説は誰にでも書ける

「小説は誰にでも書ける」この題を見たとき、そんなことがあるものかと、私の言うことを信じない人があるかも知れない。そう言う人は頭から、小説を書くことは難しいものだと思っている。或いは、特別な才能を持った人だけが書く、特別な仕事だと思い込んでいる。私は今年八十一歳で、もう六十何年も前から小説を書いている。小説を書くことでは玄人であるこの私が、小説は誰にでも書ける、と言うのだから、まず、このことを信じて貰いたい。頭から、信じて貰いたい。

私がこんなことを言うのには、ちゃんとした理由があるからである。それは私が、この私が、小説は誰にでも書けると言う、生きた見本であるからだ。私は十九の年から小説を書き始めた。そのときの私は、どんなだったか。田舎の女学校を出て、小学校の准教員を二年ほど勤めた。たったそれだけの素養しかなく、樋口一葉も紫式部も読んだことがない。そんな私が小説を書いて、いまでは一っぱしの小説家のような顔をしている。何故か。何故そんなことが出来たのか。私は天才か。夢にも天才などではなく、何にも知らない、ただの田舎者だったのである。

ひょっとしたら、何にも知らない、ただの田舎者だったから、平気で小説など書き始めたのかも知れない。もし、それが事実であったなら、あなたも平気で小説を書いて見たら、どうであろう。小説を書くと言うことを、始めから、恐《おそ》れおののいては不可《いけ》ない。小説は誰にでも書ける。ほんとに誰にでも書けるものなら、自分も書いて見よう、と思う人があったら、そう言う人に、私の経験したことをお知らせしよう。或いは、私が経験して、もっとこうした方が宜《よ》かった、と思ったことをお知らせしよう。小説は誰にでも書ける。まず、こう信じて、私の言うことを聞いて下さい。

ものを書こうとするときには、誰でも机の前に坐る。書こうと思うときだけに坐るのではなく、書こうとは思ってもいないときにでも坐る。この机の前に坐ると言うことが、小説を書くことの基本です。毎日、または一日の中に幾度でも、ちょっとでも暇のあるときに坐る。或るときは坐ったけれど、あとは忙しかったから、二、三日、間をおいてから坐ると言うのではなく、毎日坐るのです。

坐る、と言う姿勢が、あなたを規制します。不思議なことですが、ほんとうです。あなたは坐ったら、何をしますか。どうしても、何か書くしかないでしょう。この、毎日坐ると言うことが、小説を書くことの基本です。机を前にしたら、どうしても書かなければならない。では、何を書くか。

何を書くかは、あなたが決定します。しかし、間違っても、巧いことを書いてやろう、とか、人の度胆を抜くようなことを書いてやろう、とか、これまでに、誰も書かなかった、新しいことを書いてやろう、とか、決して思ってはなりません。日本語で許された最小限度の単純な言葉をもって、いま、机の前に坐っている瞬間に、あなたの眼に見えたこと、あなたの耳に聞えたこと、あなたの心に浮んだことを書くのです。「雨が降っていた」、「私は腹を立てていた」、

「また、隣りの娘が泣いている」と言う風に、一字一句正確に、出来るだけ単純に書くのです。あやふやな書き方をして、それで効果を出そうなぞと、そんなことは、決して考えてはなりません。素直に、単純に、そのままを書くと言うことが、第一段階の練習であり、やがて、大きなものの書ける基本である。

しかし、繰返して言いますが、書く前に坐ることです。小説は誰にでも書けるが、毎日、どんなことがあっても坐ると言うことは、誰にでも出来ることではありません。今日一日くらい、坐らなくても好いではないか、とちょっと思ったりする。決して、そんなことを思ってはならない。毎日、或いは日に何度でも、寝る前にたった二十分でも坐るのです。坐ると、昨日まで自分の考えたこと、書いたことをぱっと思い出す。つまり、昨日までのあなたの技術と、今日これから書く技術とがつながるのです。

つながる。毎日つながる。蟻のように遅々とした歩みであっても、それはつながり、重なる。あなたは意識してはいないが、あなたの能力は積み重なる。この作用があるために、毎日坐るのです。坐らない日があると、積み重ねたあなたの能力は、そこでぷつりと切れる。そんな馬鹿なことがあって好いものでしょうか。

この、毎日坐ると言うことは、私の発明ではありません。いまから四十年くらい前、私は阿波の徳島へ行った。そこで、人形を作っている天狗屋久吉と言う、八十過ぎたお爺さんに会った。この天狗屋は浄瑠璃の芝居に使う人形を作っている、その頃一番名人と言われる人であったが、往還沿いの、大八車や荷馬車の往来の激しい、埃の舞い上るような店の板敷きの上に坐って、それも十六の歳から八十幾つかの歳になるまで毎日坐って、こつこつと人形を彫ったのです。昨日までの技術が今日につながるのです。六十七、八年もの間、同じところに坐って、こつこつと彫ったのです。

その姿を見て、どんなに私が感動したか知れない。いまでこそ、名人などと言われるが、この天狗屋は、ただの子供であった。何にも知らない子供であった。ただ、毎日坐ったから、人形しか作ることがなかったから、名人になったのです。

毎日坐って、坐ってから考えるのです。何を書くか、どえらいものを書こうとしてはいけない。肩の力を抜いて、ただ、頭に浮んだことを正確に書くのです。

あなたはどえらいものを書こう、と思ってはならない。あなたも、天狗屋や、またこの私と同様、ただの何にも知らない、田舎者の子供です。田舎者の子供に、どえらいものが書ける訳がない。おかしな例を言うようですが、あの小説の大家で名人である谷崎潤一郎の初期の小説を、あなたは読んだことがありますか。

これがあの、大谷崎の小説かと吹き出したくなるくらい、青くさく、田舎くさい小説です。谷崎はちゃきちゃきの江戸っ子だった筈ですが、しかしただの田舎者であった。それが毎日書いている中に、あの古今の名作『少将滋幹の母』を書くようになったのです。谷崎が天才であったから書いたのではない。毎日坐ったから書けたのです。それにもう一つ、谷崎には人にはめったにないような「自信」があった。そして、何よりも自分の才能を信じ、自分を大切にした。私は三越で展観された谷崎潤一郎の過去のもの、写真、原稿、小学校時代の成績まで列べてある展覧会を見たことがあるが、古い古い原稿の書きくずしまで、皺を伸して、アイロンをかけて、とってあるのが列べてあった。それは自分のことを、「俺はただの小説家ではない。偉大な作家だ」と思い込んでいる人の、自分を大切にする、その仕方である。私たちはどうか。一度でも、こんなに自分のことを大切に思ったか。こう言う自信。自己の才能を信じる心が、大谷崎の、あの青くささ、田舎くささを、そうではない、偉大なものに育てたのです。

私たちは、いや、あなたはいまは青くさい田舎者にしか過ぎない。然し、おめず臆せず、毎日坐って下さい。そして、偉大な小説ではなく、たった五枚か十枚の短篇小説を書いて下さい。坐ったら、すぐ、気持を集中して、「雨が降っていた。」と書き出して下さい。一番最初は、昨日何をしたか、と言うことではなく、昨日何を考えたか、と言うことを書いて下さい。あなたの考えを追求することが仕事の始めです。正直に、飾り気なく書いて下さい。そして、読み返して、それが気持よく読まれるものであったら、それで充分です。しかし、どこか気持の悪い個所があったら、幾度でも考え直して下さい。

気持の悪いこと。これは厳密に言って、あなたのモラルが許さないこと、です。えげつないことを書いて、或る種の調子を出そうなどと、そう言う生意気なことは、決して思ってはなりません。えげつないことを書いて、それでも晴々と読まれるようなものになるのは、先きの先きのことですから。あなたのモラルが許すことを書いて下さい。小説と言うものは、人が考えているほど、悪徳を書くものではありません。たとえ、そんな風をしているように見えても、実は、モラルを追求する手段として、そうしている、或る種の擬想です。ドストエフスキーのあの悪徳小説も、神を追求したものの結果なのですから。気持の悪いことを書いてはなりません。

さて、もう一度、最初の話に戻りましょう。昨日今日、やっとものを書き始めたあなたのために、役に立つことを一つ二つお話しましょう。あなたは何よりも、あなたの考えを正確に書く練習をして下さい。あなたの見たものを正確に書く練習をして下さい。電車に乗ったら、あなたの前に坐っている若いお内儀さんが、どうして子供をあやしているか、よく見て下さい。顔つき、着物の着方をよく見て下さい。赤ん坊の動きをよく見て下さい。そして、うちへ帰って来て、それがそのまま、生き生きと書けるような練習をして下さい。早く書く必要はありません。どんなことを書くときでも、丁寧に書いて下さい。早く書けるときは、ちょっと筆をおいて休んで下さい。早く書けることを警戒して下さい。早く書くと筆が辷《すべ》ります。丁寧に、間違えたことはないか、よく考えて書いて下さい。却《かえ》って、よい考えを逃します。

しかし、あなたはいつでも、自分はいま小説を書く訓練をしている、と言うことを忘れないで下さい。たった五枚でも十枚でも、それで一つの作品になるようなもの、そう言うものを目ざして書いて下さい。それはどう書くのか、そのことは、あなた自身が次第に会得して行くことです。私がいまここで、それはこうだ、と言うことは出来ないが、毎日坐っている中に、次第に分って来るものです。小説を書くと言うことは難しくはない。ひとりでに分るようになるものです。

それからもう一つ、何を読んだら好いか、と言うことですが、これにはいろいろ意見がある。多読が好いと言う意見もあるが、私は自分の書くものにそのまま肥料になるような読物をほんの少し決めて、それを百回でも繰り返して読むことをすすめる。ご参考までに、私が百回も繰り返して読んだ本を教えよう。『アドルフ』『クレーヴの奥方』、それにドストエフスキーの諸作品。多読よりも少しの本を繰り返し読むと、どこがどんなに宜いかが、はっきり分る。

いかがですか。私の言うことが、あなたに参考になりましたか。そして、誰にでもたやすく書ける小説を書くために、あなたも、毎日机の前に坐る決心がつきましたか。

文章を書くコツ

前の「小説は誰にでも書ける」から少し時間が経った。これは、ほんとに誰にでも書けるのか、と言う驚きとともに、一種の安堵の感情とで、人々に読まれたことと思う。

私の意図は成功した。そのためでもないが、その頃から、女の人の間に、気軽に小説を書いて見ることが流行して、思いもかけない好い小説を書く人が現われたりしたものである。私の書いたことの内容もそうであるが、人の持っている好い芽は決してつみ取るものではなく、伸ばすことが大切だからである。

今度、ここで書く「文章を書くコツ」と言う中にも、前の「小説は誰にでも書ける」の中に書いた内容と、全く同じことか、或いは重複することがある。

先ず、物を書くときには、文章を書くと言うその作業に対して、特別の姿勢を持たないようにすることである。極く気軽に、平気で書くことである。自分の書きたいことをそのまま素直に書く、そう言う姿勢でのぞむことである。とてつもないことを書いて、人を吃驚《びっくり》させてやろうとか、自分は文章を書くのは苦手だけれども、とか思わないで、さらりとした気持で書くことである。

私は固く信じているが、人の中には、駄目な人は一人もいないものである。人と人との相違は、その人が自分の好い芽をひらかせるような気でいるか、或いは摘みとって了《しま》うような気でいるか、その違いである。誰にでも、その人の持っている芽、と言うものがある。その芽を太陽のよく当たるところへ出して、ときどき水をやり、肥やしもやっているか、或いはそこら中へおっぽり出して、まるで構わないでいるかで、勝負は決まる。

芽は手当て次第でどんどん伸びる。伸びない、などとは夢にも思ってはならない。伸びる、伸びる、どんどん伸びる。人に笑われても構わない。そう信じて書く人は書ける。私の一番嫌いな人は、「あたし、駄目なんです。生れつき、文章なんて書けないんです。」と言う人である。なぜ、あなたは駄目なんですか。ひょっとしたら、そんなことを言ってる人自身も、ほんとうには自分が駄目だなぞとは、思ってはいないのかも知れない。ただ、人前を作って、そう言っているだけなのかも知れない。それだのに、これは恐しいことであるが、つい、今しがた、その気もなくて言って了った自分の言葉の、「あたし、駄目なんです。生れつき、文章なんて書けないんです。」と言った自分の言葉が自分の耳に反射して、ほんとうに、自分のことを自分で駄目だと思うようになるのではないだろうか。嘘にでも冗談にでも、自分は駄目だなぞと言ってはならない。自分は書ける、とそう言い切ることである。その言葉の反射によって、自分でも思わず、自分は書ける、と思い込むようになる。謙遜は美徳ではなくて悪徳である。

もし、あなたに友だちがあって、「駄目ねえ。あなたは文章を書くのが苦手なのよね、」などと言う人があったら、そう言う人の前から、あなたは飛びのくことである。嘘にでも冗談にでも、「あなたは素敵ねえ、こんなに巧く書けるなんて、」と言う人のそばへ、へばりつくことである。人生のことは凡《すべ》て、言葉の暗示である。誰でも、人にほめられると嬉しい。何故か。自分は書けない、と思うよりも、書ける、と思う方が気持が好いからである。それが自然だからである。伸びるのが自然だからである。

でも、しかし、他人の言葉の暗示によって、自分の好い芽に養分をやる方法は、二義的である。出来ることなら、他人の言葉の暗示よりも何よりも、自分自身が自分に与える暗示によって、芽を伸ばして行きたいものである。自分は書ける。そう思い込む、その思い込み方の強さは、そのまま、端的に、自分の芽を伸ばすからである。

言いかえるとそれは、自信がある、と言う状態のことだからである。私は書ける。そう信じ込んでいる状態のことだからである。何が強いと言って、書ける、と思い込むより強いことはないからである。

エーリッヒ・フォン・デニケンの書いた『星への帰還』の中にこんなことが書いてある。私は何を読んでも、それが自分に自信がつくことの参考になると思うと貪るように読み、心に銘記する習慣であるが、それにはこんなことが書いてある。「ある奇妙な名前をもった、平ぺったい小動物がある。この小動物は一方では、いくらか脳らしいものを持った最も原始的な有機体であり、また一方では細胞が分裂することによって、どんなにずたずたに寸断されても、その寸断された一片一片が、完全に再生することが出来ると言う、複雑な構造を持った小動物である。」

「或る学者がこの小動物を、プラスチック製の樋《とい》の中に這わした。そして、その樋に弱い電流が通じるようにセットし、また別に、六〇ワットの電球をつけたスタンドを、そばに置いた。そして、前の平ぺったい小動物、即ち扁虫《ひらむし》のそばで、スタンドの灯をつけると、小動物は吃驚仰天して、体を縮めた。スタンドをつけると体を縮め、消すと安心して、もと通りになっていたのであるが、次ぎにはつけたり消したり、二時間も続けてしている間に、始めは電気をつけるたびに体を縮めていたこの扁虫が、二時間も同じことを続けていると、なァんだ、電気がついても、何てこともないじゃないか、とでも言うように、まるで体を縮めなくなった。電気がついても、体に危険がないことが分ると、光の点滅に、まるで注意を払わなくなった。」

「ここまで来て学者は、光がつくと同時に、樋に通じてある弱い電流が扁虫の体に衝撃を与えるようにした。つい、さっきまで、光がついても平気になっていた扁虫も、電流の衝撃を受けると、再び吃驚仰天して身を縮めた。光がついて一秒も経たない間に、続けて電流の衝撃を与える。この作業をくり返し行ったあとで、一旦休み、二時間くらい間をおいてからのことである。光がともったあとには、一秒もおかないで電撃をうけるものと思い込んだ扁虫は、どうであろう。ただ、光がさすだけで、電撃を与えないでも体を縮めた。」

「ここで学者は或ることを考えつくに到った。こんな扁虫のような原始的な小動物でも、自分の遭遇した古い記憶が貯えられると、その学んだ能力は、そのまま寸断された他の扁虫にも伝えられると言うことが分った。」ここでデニケンの論旨は飛躍して、「扁虫だけではなく、金魚や兎や鼠でも、記憶された内容を固定させたり、移転させたりすることは、今日では学問的にも正しいとされている。この研究を首尾一貫して行えば、人類は近い将来に、知識や記憶を持主の死によって失うことなく、或る人が一度獲得した精神的所有物を保存し、伝達する可能性を持つことが出来るようになるだろう。」と言っている。

初めてこの記事を読んだとき、私の眼は光り輝いた。私にも、人類の祖先たちの能力にそのまま遭遇する瞬間があると言うのだろうか。ある、と私は確信した。私は書ける。そう言い切れるような確信が、私に生れた。私は完全に、デニケンのこの素晴しい暗示にかかったのである。

では、強い暗示と強い自信がありさえすれば、鬼に金棒か。文章はやすやすと書けるのか。このことは、前に書いた「小説は誰にでも書ける」の中にも、繰り返し書いたが、この二つがあるだけでは仕事が空転する。仕事をするのには、この二つだけでは駄目である。私は書ける、とただ自信をもっているだけでは駄目である。子供にでも分ることであるが、先ず、坐ることである。原稿紙を拡げ、鉛筆を削って、机の前に坐ることである。いま、書けそうだ、と思うときでも、いや、書けそうにはない、と思うときには尚さら、まず、机の前に坐ることとである。

何事をするのにでも、用意、ドン、と言う姿勢がある。マラソンをするときにも、スタート・ラインで、あの、いまにも走り出す姿勢で待機する。先ず、机の前に坐ることである。このことは、この前、「小説は誰にでも書ける」の中に繰り返し書いた。また同じときに、阿波の人形師天狗屋久吉のことも書いた。天狗屋久吉は十六歳のときから没年の八十四歳のときまで、同じ往還沿いの仕事場に終日坐って、人形を作った。坐るのが習慣で、また坐るとすぐ木を削るのが習慣で、何にも考えないのに、ひとりでに手が動く。そしてあの、数々の不朽の名作を作った。

ものを書くことも同じである。不朽の名人、天狗屋久吉と、ずぶの素人である私たちとでは、坐る時間は違っても、とにかく坐ることは同じである。坐ると書く。天狗屋と同じように坐ることが習慣になって、坐ると書く。そうなればしめたものである。坐ると書くことが湧いて来る。何を書くか、などと心配することはない。それも、天狗屋のように、毎日、朝から晩まで坐るのではなくて、ただ、いつでも机の前に支度がしてあって、一日の中に、朝でも昼でも夜更けにでも、たった十分間でも机の前に坐るのである。昨日は坐った。今日は気が向かないから坐らない、と言うのではなく、毎日、ちょっとの間でも坐るのである。坐るのが習慣になっているから、坐ったら、忽ち書くのである。坐るのが習慣になって、坐ったら書くと言うのが習慣になるようにすることである。何を書こう、とか、巧く書こう、とか思うことはない。私の経験によると、そうだ、私がこの文章を書くことの大前提を発見したのは、いまから十二、三年も前のことである。毎日坐っていると、坐るとすぐ、昨日書いたときの気分と、今日続けて書くときの気分とがぴったりと繋がる。何にも考えないのに繋がる。それが、昨日書いて、今日は休み、また明日書くのでは、惜しいことに、気分が中途で断たれる。断たれてはならない。いつでも繋がっていなければならない。

さて、では、何を書くのかと言うことは、他人には分らない。自分が決めることである。いつでも私が言うことであるが、先ず、「雨が降っていた。」と書く。或いは、「隣りの娘が泣いている。」と書く。坐ったその瞬間の、自分の身の廻りのことをスケッチする。何でもスケッチする。正確にスケッチする。それから、そのあとで、それらの具象的なことがらを抽象して、或る結果を抽き出して書く。その順序で、凡てのことを書く。随筆になったり、小説になったりする。書くことは人によってそれぞれに違うが、先ず、最初は凡ての事柄のスケッチ、凡ての出来事のスケッチ、凡ての情念のスケッチをする。その結果が、人によって、天地雲泥の差があるとは、何と言う面白いことか。毎日、机の前に坐って、細かい、正確なスケッチを幾つとなく書く習練をすることである。あなたはそれによって、自分でも、巧いな、と思う瞬間がある。ここでは、自信は空転するのではなく、実際に自分が書いたものについての自信である。これを、鬼に金棒と言う。

気持のよい文章

私はこれで二度、文章を書くコツを書くことになる。二度でも三度でも同じことの繰返しのようであるが、今日はこれまでよりもちょっと上級の、ちょっと面倒なことを書いて見ようと思う。

それは「気持の好いことだけを書く。気持の悪くなることは書かない。自分が書いたら、その書いたものをもう一ぺん読み返して見て、気持の悪くならないことばかりが書いてあるかどうか調べて見る。」と言うことである。

いや、これは調べて見るまでもない。人間の気持と言うものは、好いか悪いか、その瞬間に、端的に分るものだからである。端的に分る。本能的に分るのが特色である。そう言う能力を生れながらに持っているのが人間だからである。

自分の書いたものだけではない、他人の書いたものでも、つい、自分のそばにおいてある新聞雑誌、単行本の一つでもとり上げて読んでごらんなさい。読後、何とも爽快な気分になるものと、その反対に、イヤな気分になるものとがある。そのどちらであるかによって、書いたものが好いか悪いか、大抵の見当がつくものだからである。

これは誰にでも分り易い、一つの標準である。私たちが普通に文章を書くときには、いつでも、この標準を目当てにして書いていれば、間違いはない。気持のよくない書き方がしてあると、おっと間違った、と言う具合で書き直せば好いからである。

と、私はいかにもやすやすと、気持の好い文章も悪い文章も、思いのままに書けるように書いて来たが、そんなことは可能であろうか。

可能である。人間は生れながらに気持のよくなることを好むものだからである。自分の心に素直にしたがって、素直に書けば、気持の好い文章が書ける。

気持の好い文章を書くのには、まず、正直な気持で書くことである。自分の見たこと、思ったこと聞いたことを正直に書くことである。

こう書いたら正直そうに見えるからと言って、嘘を書いてはならない。こう書いたら悧巧《りこう》そうに見えるからと言って、ほんとうのことを粉飾して書いたりしてはいけない。まして、事実を捻じ曲げたりして書いてはいけない。これくらいのことは、人には分るまいと思っても、嘘と言うものは誰にでも見破られるものだからである。

しかし、こんなことがある。その人が見間違ったり、思い間違ったりしていて、嘘をほんとうと思い込んで書いた場合である。おかしなことであるが、そんなときにも、正直に書こうと思って書いたときと同じように、気持の好い具合に書けていることがある。その人の気持の中に、ちっとも嘘がないからであるが、しかし、出来ることなら、そう言う場合もないようにしたいものである。そこまで、正直と言うことを要求するとなると、その人のものを見る眼に、眼力が必要になって来る。決して嘘をほんとうと思い込んだりしないような、眼力が必要になって来る。この文章の最初のところで、今度はちょっと上級な、ちょっと面倒なことを書く、と言ったのは、このことである。

もう一そう面倒なことは、最初から気持の悪くなるようなことばかりが書いてあるのに、読後に、すかっと爽やかな気分になるような、ちょっと素人には分りにくい、高級な文章があるものだからである。見てくれは、いかにも気持の悪くなるようなことばかり書いてあるのに、それだから一そう、読後が爽やかなのかと思われるほど、どんでん返しになっている文章があるものである。こう言う文章は最初からねらって、そう書こうと思っても書けるものではない。ただ眼力があるだけではなく、文章と言うものに対して、真の腕力のようなもののある人だけがなし得る技術だからである。

しかし、不思議なことであるが、こう言う上級な技術も、或る日、突然、会得するものである。たびたび書いたが、それは一日として休むことなく、毎日毎日机の前に坐っていると、おや、こんなことがあるのかと本人自身が吃驚するほど、或る日突然、会得するものだからである。毎日机の前に坐っている正直で勤勉な人間に、神さまが褒美として下されるものかと思うとそうではない。金貨を受取るように、ずしりとした重みで、実際に手に這入るものである。そう言う金貨があると言うことを、私たちは知っておくべきである。その上で、まず、端的に、読後に爽やかであると言う標準だけで、私たちは仕事をしよう。

その爽やかと言うことに、幾段もの階級があることを、ちょっとの間忘れて、一そう初級の、気持の好いと言う文章を書くことに専念して、それから少しずつ上って行こうではないか。

「私はあなたが好きです、」ラブ・レターを書くとき、こう言う書き出しで書き始める人は、文章の旨い人である。言葉と言うものは、一番簡単な、一番分り易い、一番使い馴れた飾り気のないものほど、好いものである。「私はあなたがどんなに好きか、」と言うことを、飾り立てて書いてはならない。ちょっと聞いただけでは分りにくいような形容詞は、決して使ってはならない。なるべく、主語と動詞だけで分るような、短いセンテンスで表現するような訓練をして下さい。雨が降っている。私は眠かった。隣りの娘が笑っている。と言う具合に書いて、それで複雑な状況がはっきりと眼に見えるように書けていたら、それは天下の名文です。

そんなに短い言葉だけで、どうして、あの、錯綜した小説みたいなものが書けるのかと、あなたは不思議にお思いですか。

それが書けるのです。また例の、机の前に坐る、と言うお題目ばかり唱えるようですが、毎日毎日坐って書いていると、短い、と思っていた文章が無限に積み重なり、無限につながって、小説になるのです。文章は一つの単位である。その短い単位が積み重なると、或る錯綜した小説の筋までが、望まなくてもひとりでに、現われて来るものである。

私の経験で言うと、私はものを書き始めるときに、凡そどんなものを書こうと言う、大体の目安はつけておく。しかし、その目安はあくまで目安であって、書いている間に、少しは、ずれて行く場合がある。とんでもないところまで行って了うことがある。おや、こんなことになった、と自分で驚くこともある。

しかし、それも、書いている中に自然に起ることであるから、書き上げて読んで見ると、わざと作ったようなわざとらしさはないから、不思議である。自分で自分の筆につられて書く。まるで始めからそう書くと決めていたように書けているから、不思議である。

もう一つ、私はものを書くのがまことに遅い。一日に十枚も書いたと言う記録はない。二枚か三枚か、ひょっとしたら一枚が普通である。それでも私は、あんまり困ったことだとは思っていない。私は遅いのだから、と始めから、遅いのを当り前のことと思っている。毎日机の前に坐るが、そんなに長時間は坐らないからである。一、二枚書いたら、「ああ、書いた、」と思って、机の前を離れる。それでも、あまり怠けているようには思っていない。

いつか、ちょっと長いものを書き始めたときにも、日に一枚しか書けないでも、一年には三百六十五枚になる、と思って書き始めたものである。

何枚でもどんどん書けるときには、意識して、途中で筆をおく。そんなに書けるときには、私は、「筆が辷る、」と言って警戒する。早や書きをすると筆が辷る。私はこの状態が嫌いである。一旦、筆をおいて、時間をおいて、また書き始める。これが私の、ものを書く方法だからである。

しかし、世の中には私の方法とは反対に、仕事をしないときには十日も二十日も、一行も書かないでいて、書き始めると、一日に二十枚も三十枚も書くと言う人がある。いまから六十年前のことであるが、私はときどき、本郷の森川町に住んでいた徳田秋声のところへ行ったものであった。「昨日は一晩に七十枚も書いたよ。」私の顔を見ると、秋声はそう言ってから、続けて、「ペン先きが折れて飛んだよ、」と笑いながら話した。

私は吃驚した。ペン先きが折れて飛んだと言うくらいであるから、それがどんな速度で書かれたものか分るような気がしたものである。それは何と言う小説であったか忘れたが、あとで読んで見ると、私の所謂《いわゆる》、「筆が辷った」らしい、早や書きの痕跡はまるで見ることが出来なかったのを記憶している。秋声は小説の鬼である。人には真似の出来ない名人のすることであったに違いないと思ったものである。

東京と那須と岩国とに、私は三軒の家を持っている。どの家にも、同じくらいの大きさの本棚をおいて、その中に豪華本のドストエフスキー全集だけを列べている。金ピカの豪華本であるから、いかにもそこにある、と言う感じである。机の前に坐るたびに、その全集を見上げ、「あるな、」と思う。その全集を見ただけで、私は勇気を感じる。

私にとって、ドストエフスキーは大きな拠りどころである。鋭くて深く、ちょっと薄気味が悪く、而《しか》も到るところに、神さまの持っているような無限のモラルを感じさせるこのドストエフスキーの存在が、私にとっての拠りどころである。しかし、全集を見上げるだけで、勇気が湧くとは、おかしな感情ではないか。いや、おかしくはない。私の求道の師に、藤平光一と言う人があるが、その人の教えの一つに「氷山の一角」と言うのがある。「あなたの上にいま現れている能力は、氷山の一角である。真の能力は、水中深く深く隠されている。」と言うのがある。私はこの標語が好きである。私の真の能力が、水中深く深く隠されているとしたら、いつの日にか、ドストエフスキーを拠りどころとしているものの片影が、現れて来るのではあるまいか。

この前の章で私は、毎日毎日書く文章の積み重ねが、長篇小説になり得ることもある、と書いた。短い単位の文章が積み重なると、或る錯綜した小説の筋までが、望まなくてもひとりでに現れて来ることがある。と書いた。昨日書いたあとに、続けて今日書く。また、あとに続けて書く。思いもかけないことにそれが、一大小説に発展しないと誰が言えようか。私はドストエフスキーの小説作法については、何の知識もない。しかし、ひょっとしたら、あの厖大な『カラマゾフの兄弟』の一大長篇も、最初からこう書こう、と筋が決っていた訳ではなくて、昨日の次に今日が続いているその間に、あっと言う間にあの一大長篇小説に発展したのではない、と誰が断言出来ようか。

私はここまで来て、私のあの「氷山の一角」をはるかに望み見るような夢見心地になるのを、どうぞお笑い下さい。

私の発明料理

私は食べ物を自分で作るのが好きです。暇さえあると、つい、台所へ行って、そこにある材料で、あれこれと自分勝手に工夫して、面白い料理を作ります。「旨いでしょう。旨いでしょう。」と言って、人にも強制的に食べさせる悪癖がありますが、誰も、いや旨くはありませんよ、まずいですよ、と答える勇気のある人はありませんので、益々、お得意になっています。

どうか、これからお知らせする私の発明料理、お得意料理を、信用なさるのもなさらないのも、ご自由ですが、とにかく読むだけは読んで下さい。

次の頁に目次があります。

203　私の発明料理

早や漬の胡瓜の味噌漬

私は小銭入れを持って、うちの近廻りをぶらぶら歩き廻るのが好きです。歩いている中に、ふと立ち寄った八百屋、肴屋、肉屋の店さきで、その日の食べ物を、ひょいと思いつくのです。この間、近所の八百屋の店さきで、見るからに生きの好い、青々として艶のある胡瓜《きゅうり》を見つけました。旨い食べ物を作る第一のコツは、材料の好いのを見つける、と言うことです。こんな胡瓜を見ると、忽ち、旨い食べ物のプランが、はっと頭に浮ぶのです。「この胡瓜を二十本下さい。二十本でお幾らですか。」と訊きました。この、お幾らですか、と訊いて見るのも愉しみの一つです。「二十本で七百円です。三十本お買いになると、千円ですよ。五十円おまけになります。」「いえ、二十本で結構です、」と答えて、私はいそいそと帰って来ました。私はいつでも、材料を買い過ぎる悪癖があります。三十本買うと、五十円おまけになると言われたのに、二十本だけ買ったのがお得意でした。安くすると言われても、買い過ぎないことがどんなに得か、もう経験ずみだったからです。

私の家には、千葉県から樽で送って貰った、それは旨い味噌があります。麴の這入った、それは旨い味噌です。胡瓜を見たときから、味噌漬にしよう、それも三、四日で食べられるような早や漬のものにしよう、と思いついたのです。うちへ帰るとすぐ、胡瓜をさっと洗って、漬物桶を探し出しました。この桶は、うちではなかなか役に立ちます。デパートで買ったものですが、押し蓋がちゃんと合っているのは勿論ですけれど、桶の形が実に好いので、漬物をすると、台所の板の間ではなく、茶の間の畳の上に置いたりして、ときどき、もう水が上ったか、もう食べられるように漬かったのではないか、などと覗いて見たりするのです。どうか、みなさんのお家でも、ぜひ、この漬物桶を一つお買いになって、絶えず、旨い漬物をお作りになって下さい。

まず、この桶の底に、ぱらぱらとうすく、粗塩《あらじお》を振って、その上に胡瓜を平らに列べます。また塩を振って、胡瓜を列べ、ちょうど二十本の胡瓜が、三段くらいになって、お了《しま》い。上にもぱらぱらと塩を振って、押し蓋をします。上に載せる石は、重いくらいにしておきますと、漬けてから、中二日おいて三日目には、ちょうど蓋の上に水が充分に上って、塩漬けの胡瓜が出来上ります。それから味噌漬にするのですが、このときの容器も、うちでは、故郷の岩国の古道具屋で見つけた、蓋のある、古ぼけた壺にして、これも台所の板の間ではなく、茶の間の畳の上へ置いて、漬けたその日から、もう食べられるか、食べられるかと、ちょいちょい蓋をあけて見たりしているのです。まず、壺の底に味噌を敷きます。その上に塩漬けの胡瓜を列べ、また味噌をのせ、胡瓜を列べ、味噌をのせて、それで出来上り。二日か三日したら、それは旨い、早や漬の胡瓜の味噌漬になります。はじめ、胡瓜を漬けるとき、塩をほんの少しにして、重石《おもし》を強くするのがコツです。

さつまいも入りのすき焼

私はさつまいもが大好きです。この頃、八百屋の店さきで見る、皮の赤い、あの、まるまると太った、金時と言われるさつまいもを見ると、堪らなくなります。それにしても、さつまいもを入れたすき焼、などと言うと、誰でも、へええ、と言って吃驚《びっくり》して了います。何れにしても、さつまいもが這入るのですから、女の人向きのすき焼と言うのでしょうね。まず、さつまいもの皮を剝いて、一センチくらいの輪切りにしたものを、サラダ油でから揚げして、用意しておきます。牛肉は、うちでは百グラム千円くらいの、あれは、ヒレ肉と言うところかな、脂のないところですが、とても柔らかで、旨い肉です。肉鍋に、肉の、あの、白くてすぐ溶ける脂をひいて、はじめに玉葱を入れます。それから牛肉を入れて、醬油、酒、みりん、砂糖を入れて味をつけてから、最後に、から揚げにしたさつまいもを入れて、ちょっと蓋をしておきます。これで、すき焼なんて、こんなすき焼があるでしょうか。玉葱はとろりと溶けるようで、さつまいもにも凡《すべ》ての味がしみ込んで、舌がとろけるようです。そんなすき焼があるもんか、と言う人があるとすれば、名前は何でも好いではありませんか。さつまいもの煮ころがしとでも言っておきましょうか。名前は何でも、とにかく、旨い食べ物なのです。これで、あったかいご飯と旨いお茶と漬物とがあれば、この世の極楽です。漬物はあの胡瓜の早や漬の味噌漬。お茶は、これもわが家では一風変った、それは気違いと言おうか、贅沢と言おうか、極上この上なし、と言う手揉みの、玉露の茶を、弱火にかけた焙烙《ほうろく》で気長に焙じます。手揉みの玉露ですよ。あの、宇治茶などと言う、針のように細かく尖った玉露ではなく、ちょっとぶきっちょな形をした手揉みの玉露ですよ。「玉露を焙じて使うなんて、」と言って、お茶人は私を馬鹿にしますが、構ったことはありません。この焙じた玉露の上に、熱湯をかけます。じゅっと音がするほどの、熱湯ですが、もう、何とも形容出来ない、芳醇な、高い香りと味。だまされたと思って、一ぺん、この気違いのように贅沢なお茶の掩れ方を、真似して見て下さいませんか。

蕪の豚肉入り酢の物

右のような献立では、ちょっと、おかずが足りませんね。わが家の特殊料理、豚入りの酢の物をここでご紹介しましょう。まず、八百屋で、肌のきれいな、あんまり大きくない蕪《かぶ》を見つけて来ましょう。野菜を見つけるには、凡て、この肌を見ることです。艶々して、きめの細かい、いびつでない形をした蕪を買って来て、細かい繊切りにし、ちょっと塩もみしておきます。この塩もみはほんとにちょっと指さきで揉むくらいにして、それに酢と砂糖を入れ、蕪の水気も捨てないで、そのままにしておきます。水気を捨てないと言うのがコツです。野菜の中に含まれている水は、何とも言えない、味のあるものだからです。別に、豚肉のひき肉を二、三百グラム買って来て、ちょっと鍋の中でいびります。その上から、酒、みりん、醬油を垂らして味をつけ、鍋を下して、さましておいてから、前にこしらえた蕪の繊切りの酢の物と混ぜると出来上り。「豚肉を入れた酢の物なんて、聞いたことがない」と言って、これもまた、私を気違い扱いにする人があるかと思いますが、これもまた、だまされたと思って、拵えてごらんなさい。豚肉は決して、豚肉らしく、しつっこい味ではなく、さっぱりして、何とも言いようのない、旨い酢の物ですよ。少しくらい、たくさん作っておいても、味が変りませんから、うちでは、一どきに、大きな丼に一ぱいくらい作っておくのですよ。まァ、だまされたと思って、味わって見て下さい。

山芋の味噌汁

どうも、うちにある味噌が旨いものですから、私の家では、朝晩、この味噌汁を作るのですが、だし汁には、かつおぶしだけ使って、昆布は使わないのが、わが家の習慣です。だし汁をとったら、その中に、鯛の切身の小さいのを一つ、一センチ角くらいにまた切って入れます。汁の実は何でも好いのですが、昨日、八百屋で、山芋の好いのを見つけました。皮を剝いて、六ミリくらいの賽の目に切り、汁の中に入れました。その芋がまだ生煮えの間に、酒少々と味噌を入れると、出来上り。

どうも、酢の物には豚肉を入れるし、味噌汁には鯛の切身を入れると言うと、「宇野さんはどうして、そう、しつっこいものが好きなのか知ら、」と呆れられそうですが、実は私はこの暮で、満八十歳になりました。体が骨と皮みたいに瘦せて来て、自然の要求で、少しはしつっこいものが好き、と言うことになったのです。これでは、全く、気違い料理と言われても仕方がありませんが、しかし、考えて見ますと、これは、老年になって、体が瘦せて来たから、自然の要求でそうなった、と言うのではないかも知れない、と思うのです。へんなものですね。料理の好みの中にも、実は、その人間の性質が、はっきりと現われているものなのですね。私と言う人間は、どことなく、しつっこいものが好き、なのかも知れません。いえ、そうではない。私の性質は誰にでも、「宇野さんはとてもさっぱりしている。人に対しても、しつっこい要求をしてるのを見たことがない」と、そう言われているのですが、それは、上べの性質で、どうも、しつっこいところが多分にあるのです。その証拠に、私の生涯の中で撰んだ恋人、仲の宜《よ》かった女の友だちは、一人残らず、性質のしつっこい、これでもか、これでもかと言う人ばかりなのを見ても、しつっこいのが嫌いじゃないのです。料理を作るときにも、これでもか、これでもかと、旨い上にも旨い工夫をして、それを自慢にしているのですから。

独活と胡瓜の松の実あえ

この間、那須へ行くとき、上野駅の売店で袋入りのお摘《つま》みを、いろいろと買いました。その中に、ソ連でとれた松の実があったのです。口に入れると、何とも香ばしく、脂っ気があって、落花生をうんと濃くしたような味なのです。「おや、この松の実を摺り潰して、和《あ》え物にしたら、」と例によって、そんなことを思いつきました。那須へ着くと、すぐスーパーへ寄って、山独活《うど》と胡瓜と細い三つ葉とを買い、胡瓜は生のまま、細かい繊切りにして、独活は皮を剝いて三センチくらいの長さに切り、出来るだけ細く、針のように細く繊切りにして、一時間くらい、水に晒《さら》しておきました。別に、三つ葉は熱湯の中で、さっとくぐらすだけ、一センチくらいの長さに切っておきました。これで和え物の材料は揃ったのですが、この三種類の野菜をそのまま、ちょっと深い皿に盛っておきました。それから、上野駅で買っておいた松の実をちょっと焙烙で炒り、擂鉢でよく擂って、例の千葉県産の旨い味噌を入れ、砂糖、酒、みりんをまぜて、また、よく擂って、どろどろにしたものを、三種の野菜の上からかけました。これで出来上り。食べるときには、松の実味噌を箸で充分にまぜ合せます。旨いこと請合い、舌もとろけるような和え物が出来上りました。

私の弁当

私はよく汽車に乗ります。と言っても、行くさきはいつも同じで、那須の家へ行くか、故郷の岩国へ帰るかするのですが、その汽車の中で食べる弁当を作るのも、愉しみの一つです。いえ、汽車に乗るのは、その弁当を食べるのが目的ででもあるように、あれこれと工夫をして、持って行くのです。弁当箱は安物のタッパー。それも十五センチ四角くらいの、大きい目のを用意して、まず、ご飯を少し。それにおかずは卵焼き、鮭、煮豆、香の物、さつまいもの天ぷら、蓮根の煮〆、大根の煮〆、その他何でも、それらの一つ一つを別々にして、ホイルに包み、タッパーの中へ入れておきます。こう言う弁当を、汽車の中で、さも自慢そうに拡げて、さも旨そうに、ゆっくりと時間をかけて食べていますと、よく人が見ます。それでも平気でゆっくりと食べます。ときどき、車窓を過ぎて行く見馴れた風景を見たりしてね。こう言うところも、ちょっと気違いじみているかも知れませんが。私の汽車弁は、だから、お弁当ではなく、大弁当とも言えます。食べたあとで飲むお茶も、これは前にもお話したような、最上等の手揉みの玉露を焙じたもので、それを前の晩から用意しておいた、小さいガーゼの袋に入れて、糸で口をくくっておいたものを茶碗の中に入れ、水筒に入れて持って来た熱湯をじゅっと上から注ぐのです。茶碗も、いつも使い馴れた、これも故郷の岩国の古道具屋でめっけた、大ぶりのぐい呑みです。

どうも、私と言う老人は、こんなことまで書いて、自慢ばかりしていて、自分でも少しは極りが悪いような気がしないでもありませんが、考えて見て下さい、もう八十歳にもなって、食べ物のことを考えるのが、まるで、恋愛でもしているように、たった一つ、私に残された愉しみなのです。どうか、見て見ぬ振りをして頂きたいと思うのですけれど。

＊

もうせんに亡くなった、友だちの宮田文子さんが、やっぱりこの、お自慢料理の先生なのですが、お宅はベルギーのブラッセルにあるのに、終始《しょっちゅう》、日本へ帰って来ていました。帝国ホテルが定宿でしたが、ホテルの食堂で食べることはめったになくて、てくてくと東京中の街を歩いて、「あたしの歩くのは、運動のためでもあるけれど、自分の作る食べ物の材料を探すのが目的なのよ。旨そうな肉、旨そうな魚、旨そうな野菜を探すために、きょろきょろして、あっちの店、こっちの店と探し廻るのが、それは愉しいの。ホテルへ帰って、これは内緒だけど、アルコールランプで、料理を作るのよ。」と話していましたが、いつの間にか私も、この宮田さんの真似をして、てくてくと近廻りの町の中を歩き廻りながら、食べ物の材料を探すのが、何とも愉しい、と思うようになりました。散歩するのに、こういう目的があると言うのも、なかなか面白いものです。

柚子の酢で作った豚入りの鮨

この題名を見て、吃驚なさる方もあると思います。鮨と言う字は魚へんです。豚入りの鮨なんて聞いたことがない、などとお思いにならないで、まァ、お読み続けになって下さい。まず、鮨のご飯の中にまぜる酢を用意してみましょう。町をぶらぶら歩いていると、つい、この間まで、八百屋の店さきに、柚子《ゆず》がこんもりと盛り上げて置いてあったものです。私は鮨の中へ入れる酢を、あの調味料の酢ではなく、この柚子を二つ割りにして、両手に挟んで絞った汁を使うのが、お得意中のお得意なのでした。あの、つんとした強烈な匂いのする調味料の酢と、この柚子を絞った酢の、何とも言えない、香りの高い、柔らかな味とを、味わい較べて見て下さい。と言っても残念なことに、この頃の柚子は、少ししなび過ぎて、二つ割りにして絞ると、そうたくさんの果汁は絞れません。柚子は来年、と言うことにして、季節の甘夏か、もっとあとになると、おいしい夏蜜柑が出ます。これらを柚子の代りに使っても、これはまた、とてもおいしい果汁がどくどくととれます。この果汁に砂糖をちょっと多い目に入れ、塩も多い目に入れ、化学調味料を入れて、鮨用の酢はこれでお了い。と言うところですが、この用意した果汁の酢の中に、私の家では鯛の身を入れます。

この鯛の身のことで、ちょっと一言、お話したいのですが、私は瀬戸内海沿いの、それはおいしい魚のたくさんとれる町に生れていながら、どうしたことか、生の魚肉がなま臭くて、食べられないのです。兄弟六人の中、私だけが食べられないのです。生れてこの方、刺身と言うものを食べたことがないのですが、それにも拘らず、麻雀友だちである或る料理屋のママに頼んで、ピチピチと生きている鯛を、十日に一ぺんくらい、魚河岸からとって貰って、小さく切って、ビニールの袋に小出しにして入れて貰って、いつでも冷凍してある、念入りに手間のかかった鯛の身があるのです。こんなことまで書いたりしては、さもそのことを自慢らしく吹聴しているように聞えますが、これも、八十歳にもなった老媼の道楽かとお思いになって、どうかお聞き逃しになって下さい、と言うほかはないのですが、いつもはその鯛の身を一切れ、味噌汁の中へ入れて味付けにするのですが、たまに鮨を作るときにも、その鯛の身を生のまま、それは細かく、粉みじんに切って、前の果汁の、味付けをした酢の中に入れるのです。確かに生の鯛の身が入れてあるのに、あんまり細かく切ってあるので、生の魚が這入っているとは思えない、何の味か分らないけれど、上等飛び切りに旨い、鮨用の酢の種が出来上るのです。

やっとのことで、鮨の話に戻りますが、少し固い目に炊いたご飯の中くらいに冷めたところへ、鯛の粉々に切ったのまで入れて、念入りに用意した果汁をまぜるのです。お茶碗の一ぱい分でも二はい分でも、入用な分量だけの鮨が出来上るのですが、一体、誰が、こんなにまでおいしい鮨を食べたものがあるでしょうか。しかし、まだ、この上に続きがあるのです。

この出来上った鮨の上に、豚のひき肉に醬油、酒で味をつけ、フライパンでいびったものと、ゆで卵の黄身を裏ごししたものと、三つ葉にさっと湯をかけて、みじん切りにしたものと、それからもう一つ、紅生姜のみじん切りにしたものと、つまり、豚肉のうす茶色、卵の黄、三つ葉の緑色、生姜の紅の四色を乗せ、皿に盛って、やっと出来上り。見た眼の美しさもさることながら、その味のおいしいこと。吃驚仰天するくらいです。しかし、それにしても、こんなにまでごてごてと、おいしいものを盛り重ねて見なければ気が済まない、私の性癖と言うものには、自分でも呆れ返って、ちらっと反省して見るのですが、たった一ぺんだけ、私の書いた順序の通りに、作って見たいと思って頂く訳には行かないでしょうか。

最後に書いた紅生姜も、これも食品店で買って来たものではありません。故郷の岩国へ帰るたびに私は、毎年のように梅干を漬け、それはたっぷりと紫蘇を入れたものを、ビニールの大袋を三、四枚重ねたものの中に入れて、東京の家まで持って帰り、甕《かめ》に入れて保存して置くのですが、この自分の家で漬けた梅干には、それは色の濃い梅酢がたっぷり出来ていますので、皮を剝いた生姜をまるのまま、どっぷりと漬け込むことが出来、何かと言うと、その紅生姜を出して使うのが、これもお得意の一つなのですよ。おいしいと思うものを作るのには、こんな風に、手間ひまかけて作らなければならないのか、ああ、くたびれた、などとお思いにならないで下さい。これが、私と言う老媼の、インスタントのものは食べない、何でも自分の手で作る、その、作る過程が愉しいのだ、と言う、まァ、これも道楽者の一つの暇つぶしなのですから。

大根、蕪、胡瓜などの早や漬の酒粕漬

この頃、私の家では、こんな野菜の早や漬を拵えるのが、愉しみの中の大きなものになっています。この前は味噌漬を書きましたが、今度は粕漬を書きましょう。しかし、この粕漬に使う酒粕を手にお入れになるのが、ちょっと厄介ではないかと思うのですが、この、ちょっと厄介なものでも、手間ひまかけて探すのも、面白いことの一つです。田舎のお宅ならば、ご近所に酒の醸造元が一軒くらいあるでしょうし、都会でも、デパートの食品売場などで売っていますので、まず、第一に、この酒粕の入手をお考えになって下さい。酒粕さえ手に入れれば、それこそ一年中、それはそれはおいしい早や漬の香の物が食べられるのですから。それにしても、厄介な材料しか使わないみたいなことしか書かないようで、少々、気がひけるのですけれど。

いまから十年くらい前に、私の祖母は、百一歳三ヶ月で亡くなりました。その祖母が、五十歳くらいの年に再婚したのが、田舎の町の造り酒屋の家だったのです。しかし、再婚して三年くらい経った頃に、相手の爺さまが亡くなって、祖母は間もなくまた、独り身に戻ったのですが、そのときの造り酒屋が、いまでは手広く仕事をして、田舎でも何々と言われる銘酒の醸造元になっているのです。私は平気で、この醸造元にたびたび電話をかけて、鉄道便で酒粕を送って貰っているのです。卸し値で分けて貰っているのですから、デパートの売り値の三分の一くらいに当るでしょうか。この酒粕を送って貰うたびに、そう言う家に再婚したことのある祖母に、感謝したい気持です。と言ったら、お笑いになるでしょうか。まず、蕪の早や漬から書きましょう。

蕪の艶の好い物を二把くらい買って来て、首を切り落します。ひげの生えているところや、汚れているところだけ、皮を剝いておきます。茎や葉は捨てないで、いえ、捨てるどころか、白い蕪よりも、この茎の方がおいしいくらいなのですから、首のところから、さっと切り落したものを、先の方の葉っ葉のところを少し切り落し、首のところについた土も洗い落して揃えておきます。それから、白い蕪のところと、青い茎のところとを別々に、出したらすぐ食べられるくらいの厚さと、長さとに切って、そのどちらにも、さっと、ほんの心持ちほどの塩を振りかけておきます。それから、前もって別に、ガーゼをあの幅のまま、四、五十センチくらいの長さに裁って、二つ折りにして、袋を作っておき、この蕪と茎とを別々の袋に入れて置きます。これで、中身の用意は凡て出来上りました。私はこれを、この前味噌漬を作るときにお話しました、あの故郷の田舎の古道具屋で買ってきた、古ぼけて胴のところの凹んでいる、へんてこな形の甕を持ち出して来て、底の方に酒粕を敷き、その上に、ガーゼの袋に入れた蕪、茎を平たく押しつけるようにして置いては、また酒粕を置き、また材料入りのガーゼ袋を置き、酒粕を置いて、それで出来上り。中二晩おいて次の朝、そっとガーゼの袋から中身を皿にあけると、何と言う香りの高い、おいしい漬物になっていることか、信じられないくらいの漬物が現われて来る、と言う寸法なのです。

蕪のほかに、大根、胡瓜などの早や漬があります。大根は横に二つに切って、また縦に一センチくらいの厚さに切ったものを、漬物桶の底にさっと塩を振った上に列《なら》べ、また塩を振り、大根を列べして、押し蓋をし、石をのせて、二昼夜ほど置き、蕪の粕漬と同じ要領で、甕の底に粕を敷き、大根を列べして漬けるのですが、この大根は蕪と違って、四、五日くらい粕の中へ入れておいた方が、味がよくしみて、おいしくなります。また、胡瓜は一夜漬けにするには、うすく三ミリくらいに切って、ほんのちょっと塩をぱらっと振り、ガーゼの袋に入れて、あの蕪の要領で粕の中へ漬けても好いのですが、最初、まるのままで塩押しして、一昼夜ほどおいて、大根の要領で、まるのまま粕の中に列べ、二、三昼夜おいてから食べると、ちょうど旨い漬り加減になるのです。

こんな風にして、粕漬に使った粕は、一度使ったのちも、二度三度と使えますが、あんまり酸っぱくなったときには、塩を上からぱらぱらと振り、あんまり柔らかく、水っぽくなったときには、新しい粕を加える、と言う風にすると、なかなか保つものです。如何ですか。私のように、祖母が造り酒屋に再婚したものでなくても、つてを求めて、ぜひ、酒粕を手にお入れになって、朝晩、こんなにおいしい早や漬を作ってごらんになる気はないものでしょうか。何とかして、みなさんにも食べて頂きたい、それはそれはおいしい、新鮮な早や漬なのですよ。

＊

私の家では、一ヶ月の間にお酒を六升か七升は使います。飲むのではありません。料理に使うのです。

普通、料理に使うのには、燗ざましか、二級酒を使うと言いますが、私の家では、特級酒を使います。旨くはない下級の酒を使って、料理を作るのは、私には、却ってもったいない、と思われるからです。旨い酒を使って、旨い料理を作る方が、どんなに好いか知れないではありませんか。それにしても、その上等の酒を一ヶ月に六升も七升も使うなどとは、一体、どんな料理を作っているのでしょうか。

ちょっと手のこんだ大根煮〆、或いは茄子の煮〆

これから秋に向うと、大根、茄子、里芋などの野菜が、飛びきりに旨くなります。しかし、その野菜の時期はずれのときでも、料理の仕方では、吃驚するくらい、旨いものが出来ます。所謂《いわゆる》、夏大根と呼ばれているような、固い大根を使ってでも、料理の方法で、それは旨い煮〆が出来ます。では、どうして、そんなに旨い煮〆が出来るのでしょうか。それは秘密です、と言いたいところですが、まァ、お聞きください。

まず、大根を洗って（私は大根の皮は剝きません。ひげの生えて、凹んでいるところだけ、庖丁のさきでえぐって取って、あとはそのままに皮を残します。皮に一番栄養があるからです）、五センチくらいの長さに輪切りにします。それを縦に五ミリくらいの厚さに切り、端からまた三ミリくらいの厚さに繊切りにしたのを用意して置きます。

大根一本を全部織切りにしても構いません。三人くらいの家族でも、旨いから忽ち食べて了いますからね。別に牛肉を百グラムか二百グラム、百グラム千円以上の上等の肉を用意して、小さく、縦横にみじんに切ります。それから大鍋にサラダオイルを入れ、肉を入れ、火にかけて、じゅっと炒めた上に、前に織切りにした大根を入れて、大根が七、八分通り、まだすっかり柔らかにならないくらいの感じに炒め、その上から、醬油、砂糖、化学調味料を入れ、水気は一切入れないで、水の代りに酒をたっぷり、そうですね、コップに半分くらい入れましょうか、じゅうと音を立てさせて入れて、よく混ぜて、火から下すのです。くたくたに柔らかく煮て了ってはいけません。

ふうふう吹いて、熱い中に食べる、この大根煮〆の旨さ。水気を一切入れない、などと言うと、どんなにか濃い味、と思われそうですが、それがそうではないのです。醬油、砂糖の分量で、どうにでも、味は調節出来ます。とにかく、酒をたっぷり入れた、この大根煮〆の、何とも言いようのない旨さ。いま直ぐ、今夜すぐに作って見て下さい。他には何もいりません。たった一品だけの惣菜で間に合います。

大根の他に、もう一つ、茄子の煮〆を書きましょうか。茄子も大根と全く同じ手順で作るのですが、これは材料に火が通り易いので、忽ち、ほんの二、三分で煮上るのですから、急場の煮物にはもって来いです。茄子もやはり、二、三ミリ横に庖丁を入れて、全体を二つ三つ、斜めに切ったものと、大根煮〆と同じ要領で、肉のみじん切りを入れて、煮上げるのです。こたえられませんよ。

レタスとアスパラガスのサラダ

吃驚するくらい旨い、サラダを教えましょう。まず、罐詰のアスパラガスの、出来るだけ細いものを用意して下さい。このアスパラガスは一、二センチの長さに切って、それに、胡瓜とレタスは細く繊切りのように刻んで、三つのものを一緒に小さい笊《ざる》に入れ、冷蔵庫の中に冷やしておきます。

別に、夏蜜柑を二つ割りにして汁を絞り、さっきのアスパラガスの罐の中にあったあの汁で、夏蜜柑の汁が酸っぱく感じないように薄め、砂糖、化学調味料、サラダオイルをほんの少し加えたドレッシングを作っておいて、これも冷蔵庫の中で、冷やしておきます。そして、さァ、食べると言うときに、用意しておいた二つのものを冷蔵庫からとり出して、ドレッシングをたっぷりかけ、汁と一緒に、すするようにして食べます。朝晩たべても飽きないくらい、それは旨く、秘密のサラダです。

もう一つ、りんごのサラダ

もう一つ、簡単で旨いことこの上なしのサラダを書きましょう。

りんごは二人前に一個。卵は一人前に一つの割りで茹で、黄身だけ使います。このサラダは、何と言っても、りんごが決め手です。どんなりんごが好いかと言うと、無袋《むたい》と言って、りんごの実が木に成っているときに、新聞紙の袋を冠《かぶ》せるでしょう、あの、袋を冠せないで、太陽の光に直接あたるのを邪魔しないように、袋なしで実らせたりんごのことです。袋なしで実らせると、太陽の直射を受けて、りんごの表面の肌が平均に赫《あか》らむのではなく、むらむらに斑らになって、見た目には、旨そうなりんごには見えないので、園芸家は例外なく、袋を冠せるのだそうですが、味の点になると、まるで甘さが違うのです。東京の果物屋の店さきでは、しかし、この見ばの悪いのを嫌って、無袋のりんごはめったにおいてないそうです。私はこの斑らりんごを探し当てて、このサラダ用にしています。そんな洒落たことを言っても、こんなりんごはめったにありませんから、まァ、富士くらいを使ったら好いでしょうね。見るからに新鮮そうなものをね。

このりんごの皮を剝いて、縦に八つくらいにし、それから、三、四ミリくらいの厚さに切って、洗わないでそのまま、マヨネーズをかけ、砂糖をかけ、酒をかけて、よく混ぜたものを、冷蔵庫の中に冷やしておきます。

別に卵を水から火にかけ、沸騰してから十五分して火から下し、黄身だけをとって、指さきで粉々にこわしたものを作っておきます。十五分以上沸騰させると、黄身のぐるりが黒くなりますし、また、裏ごしに掛けると、黄身がねばっこくなって、旨さが減少します。この黄身も冷やしておいて、さァ、食べる、と言うときに、りんごの上に載せるのです。

風変りな冷やし素麺

秋口になって、もう涼しい、かと思うと、まだ、なかなか暑い、と言う日がありまず。そんな或る日のために、こう言う冷やし素麺は如何ですか。

まず、素麺は細かいものを選んで、一把で二人前ではちょっと少ないのですけれど、お惣菜の一品としてなら、このくらいの分量で好いでしょう。まず、沸騰した湯の中へ素麺を二つ折りにして入れ、吹き上ったら二度ばかり、さっと水を入れ、入れしして、素麺があんまり柔らかくない中に、ちょっと固いかな、と思うくらいのときに、上からざアざア水をかけます。そして、箸でくるくると捲いて丸めて、器の中に入れ、冷蔵庫の中に冷やしておきます。

別に、だし汁をとっておくのですが、私の家では、このだし汁は鰹節のけずったのだけ使って、昆布も椎茸も使いません。しかし、鰹節だけでたっぷりだしをとった中に、生きた鯛を冷凍した小さな切身をまた入れて、火を細めて、ことことと煮ます。

つまり、鰹節でだしをとった上に、生きた鯛の切身で、もう一度、だしをとるのです。旨い上にも旨いだしを、と言う訳です。その、二重のだし汁の中に、塩、醬油、酒、化学調味料を適当に入れて味を作りますが、だぶだぶに汁を作って、お椀半分くらいあるような盛り方にするのですから、味付けは薄味にしておきます。そして、このだし汁も入れ物に入れて、冷蔵庫の中で冷やしておきます。

さて、一番おしまいに、これは椀の中に冷やした素麺を入れ、冷やしただし汁をかけた上に、具として小柱と言う貝柱の小さいのを魚屋で買ってきて、それに三つ葉を葉も茎も一緒くたに刻んだものを混ぜ、メリケン粉を冷やした水で溶いたもので混ぜ、サラダ油で小さい固まりにして揚げます。

さァ、食べると言うときに、冷たい素麺に冷たいだし汁をたっぷり掛けた上に、この揚げた小柱をのせて食べるのです。その三つのミックスされた味を、何に喩《たと》えたら好いでしょうか。食べたものでなければ分りません。

瓜の十日漬の粕漬

また、粕漬を紹介します。前にも書いたように、誰にも粕の入手は出来にくいかも知れませんが、それが容易に出来るものとして書きます。

酒の粕漬として、一ばん旨いのは、何と言っても瓜の粕漬です。私の家の近くの八百屋では、秋口になっても、この瓜を頼んだ日に仕入れて持って来てくれます。十個か十二個入りの箱を一箱頼み、庖丁で半分に割って、十円銅貨を使って、中の種をすっかり出します。そして、布きんでよく水気を拭きとってから、粗塩を瓜の凹みの中に、二ミリくらいの厚さに振り、用意しておいた漬物桶の中に上向きに列べて、押し蓋をし、石の重しをしっかり置くと、一晩で、水が上まで上りますから、一つ一つ水気をよく拭いてから、日の当るところで、裏表を二、三時間くらい干すのです。

別に、酒粕四キロくらい、みりん二合、砂糖五百グラムと化学調味料を、鍋か摺鉢の中で、よく、こね混ぜます。この、こねた酒粕を漬物桶の底におき、その上に瓜を列べるのですが、このとき、その瓜の裏表をひっくり返して、平たい器の中へ入れたみりんの中で、よく消毒して、いや、消毒ではありませんが、みりんの中にどっぷりつけてから、酒粕の上に列べると、一種の殺菌作用で、瓜にかびその他が付かないので、味が変ることがなく、それは旨い漬物になるからです。酒粕、瓜、酒粕、瓜とかわりばんこに繰り返して、漬け終ったら、一週間か十日くらいで、早や漬の粕漬が出来上ります。一きれ切って、食べて見て下さい。頬っぺたももげるような、旨い旨い粕漬が出来上っていますから。

酒粕はどこの町の酒の醸造元にでもあるものです。表立っては売っていなくても、分けてくれますから、頼んで見て下さい。こんなに旨い漬物を、どうしても、みなさんに食べて見て頂きたい、と思いますので、ちょっとよけいなことを書き加えます。

牛の脂入りのおから

また、私の自慢料理、発明料理、天才料理をご披露いたしましょう。まず、第一番目に、おからの料理をお教えいたしたいと思うのですが、これはあんまりおいしくて、舌もとろけそうなので、誰にも教えないで、内緒にしておきたいと思っていたのです。ですから、実は誰にも教えないで、内緒にしてお

とりがこの方法を会得なさって、誰にも人には教えないでおいて下さい。

まず、朝早く豆腐屋へ行って、おからを十円ほど買って来て下さい。十円で中くらいの鍋に一ぱいくらいあります。それから、牛肉の、あの白い、固まった脂を肉とは別に買って来て、うすく切り、鍋でとかしたものを、湯呑茶碗に一ぱいくらいと、それと同分量のサラダオイルとを一緒に混ぜ、その中におからを入れて、煎ります。

それから、酒、醤油、砂糖、化学調味料を適宜に入れて味付けをした中で、

牛肉のみじん切りにしたものも一緒に入れて、しばらく煎ってから鍋を下しま
す。牛脂のとかしたのとサラダオイルとがあんまりだぶだぶと多いので、こん
なに多い油の中に入れても好いのか知ら、と心配なさるかも知れませんが、こ
れが、このおから料理の旨さの根源ですから、構わずに入れて下さい。
からからになるまで煎らないで、適当なところで鍋を下すと、これで出来上
り。私の家では、ここまで料理したものを、ビニールの包に入れて、冷蔵庫に
保存しておきます。食べたいときに少量ずつ取り出して小鍋であたため、わけ
ぎを小口から刻んで、それもたっぷりと刻んで、あたたまったおからの中に入
れるとすぐ、火から下します。まァ、このおからの旨いことは、天下一品です。
中にまぜる牛肉のみじん切りもけちけちせず最上等の肉を使って下さい。そし
て、私がこの作り方を教えるのを惜しがった理由をお察し下さると嬉しいので
す。

焼き茄子のわさび味噌

形の好い、新鮮な茄子を三個ほど、へたをとり、皮をむいて、縦に二つに切ってしばらく水に浸し、あくをとります。別に、わさびの、ほんものではなくても、粉わさびで宜しい。水で練って、器に入れ、逆さに伏せておきます。しばらくして、味噌に酒と砂糖と化学調味料とを入れて、摺鉢の中で摺り、粉わさびの練ったものを混ぜておきます。

あく抜きした茄子をよく拭いて水気をとり、火にかけてあたためたフライパンにちょっと多い目にサラダオイルを入れ、茄子を焼きます。茄子を焦げないように、やわらかに焼くには、フライパンの上に蓋をして、ときどき見ます。三個の茄子で三人前。焼けた茄子の上に、用意したわさび味噌を塗って、さァ出来上り。この料理は、わさび味噌さえあれば三分間で出来ますから、おかずの足りないとき、とても調法です。わさびの味がしゅんと利いて、おいしいこと請合いです。生姜味噌と言うのはよく作りますが、わさび味噌と言うのは、これは私の発明（?）ではないかと、鼻を高くしている私の自慢料理の一つです。

どんな野菜もから揚げして

私と言う人間は、どうも、しつこい性質が多分にあるのではないでしょうか。どんな野菜を煮るのにでも、これでもか、これでもかと工夫をこらして、おいしい上にもおいしくと、手をかけるのが癖ですから。

まず、かぼちゃを煮ましょう。適当の大きさに切って、サラダオイルの中でから揚げします。それから、酒、醬油、砂糖、化学調味料を入れて、さっと煮れば出来上り。から揚げしてあるのですから、水やだし汁を入れて、ことこと煮る必要はありません。濃い煮汁で、入れた途端に下すくらいの短い時間に鍋を下すのですが、この煮物の中にも、最上等の牛肉を三センチくらいに切って、入れるのです。私の野菜の煮物には、凡て、最上等の肉が這入りますが、これは単に味つけに使うだけで、あとでお皿によそうときには、別の皿にとっておき、冷蔵庫の中に保存して、それが或る分量までたまったら、もう一度、酒、醤油、砂糖、化学調味料に、だし汁をたっぷり入れて、弱火でことこと煮ると、牛肉のおいしい佃煮が出来上ります。牛肉はだしに使うだけで、かすは佃煮、と言うと、呆れ返る人があるかも知れませんが、構わずに真似して下さい。

じゃがいもも適当に切って、まず、から揚げをしておきます。そして、かぼちゃを煮たときの要領で、肉を三センチくらいに切ったのと、酒、醤油、砂糖、化学調味料を入れて、かぼちゃよりも時間がかかりますが、味がじゃがいもにしみるほど煮ます。少し、だし汁も入れます。煮上る前に、玉葱をみじんに切ったものを多い目に用意しておいて、鍋を下す前に、ぱらぱらと混ぜ、玉葱が生のままのとき、さっと鍋を下します。このときの牛肉も集めて保存しておきます。

私の料理には、酒をたっぷり使います。ですから家では、誰も酒はのまないのに、大酒呑が一人くらいはいるみたいな分量の酒を一ヶ月中に使います。

肉入り味噌汁

味噌汁の中へ牛肉を入れると言いますと、吃驚する人がありますが、味噌汁と思わず、スープと思えば好いでしょう。だし汁を上手にとって、豆腐を細かく賽の目に切ったものと肉を入れ、一番あと、味噌と酒少々を入れます。この肉も佃煮用に集めておきます。鍋を下す前に、あのおから料理の中へ入れたような、柔らかい、わけぎを小口から刻んだものをたっぷり用意しておいて、生のまま、お椀の中へ入れます。あんまりおいしい味噌汁なので、お代りが続出するのを覚悟しておいて下さい。

蓬の即席団子

今年の夏は殆ど那須で暮しました。私の那須の家は別荘ではなく、仕事部屋です。那須の家にいると、仕事がよく出来るばかりでなく、体のためにとてもよいからです。那須にいる間、朝早く起きて、そこいら中を散歩します。道端に蓬《よもぎ》が生えているのを発見したのは、春の始めではなく、夏の始めで、六月の半ばでした。

或るとき、何の気もなく、蓬の芽を摘んで来て、これで団子を拵えることを思いつきました。まず蓬の芽をさっと茹でました。一体に私の思いつきは即席で、茹でた蓬を小口から小さく切り、それに白玉粉と上新粉をお湯で練ったものをまぜ、摺鉢の中でよくこね、ふかし釜でふかし、ちょんちょんと小口から千切って、メリケン粉をまぶして団子にすると出来上り。この頃は小豆の餡を上手に煮た罐詰も売っていますが、私の家では小豆から煮て、あんまり砂糖を入れず、あんまりつぶさない餡を作っておき、この蓬団子の上からかけて食べるのですが、まァ、その野趣のある団子の旨さ。

それから後は、朝夕の那須の散歩は蓬とりに終始しました。八月の声を聞いても、まだ蓬の芽が出ている、と言ったら、信じる人があるでしょうか。最初に、六月の半ば頃に摘んだ芽のあとに、枝が出て、而《しか》も四本くらいも枝が出て、その枝の先にそれぞれ、新しい芽が出ているものを発見して、それを摘みました。芽を摘んだあとに、また芽が出る。これを繰り返し繰り返し摘んで来ては、さっと茹でて、筵《むしろ》の上に拡げて乾しました。「蓬は便秘の漢方薬ですよ、」と、或る知り合いの物識り博士に聞いてから、私は夢中になって蓬をとりました。流石《さすが》に秋になると、蓬は枯れます。蓬の芽のある間、せっせと摘んで、からからに乾燥させたものが、いまでは十袋にもなりました。私は便秘の重症患者なのですが、お陰で、この頃は便秘のべの字も言わなくなりました。それに、この頃は粉をこねて擂粉木《すりこぎ》で搗《つ》く手間を省いて、餅搗器を使い始めてから、見る間に団子が出来上るものですから、毎日、この蓬団子を常食しています。

新案のコーン・スープ

夏の間、那須の朝市に出掛けては、私は気がふれたようになって、玉蜀黍《とうもろこし》を大量に買って来るのが癖になりました。那須の玉蜀黍は、あの、ハニーと言う特別に甘い種類のものですが、皮を剝いで、さっと茹で、俎の上に立てて、ぐるりの実を庖丁でそぎ落します。そのそぎ落したものをミキサーに入れ、それが冠るくらいの牛乳を入れて、ミキサーにかけるのです。忽ち、玉蜀黍の粒が液状になるのを待って、玉蜀黍二本に牛乳一本半くらいの割合に混ぜ、裏漉しして玉蜀黍のカスをとるのですが、裏漉し器を使うまでもなく、ざるの中に流し込んだだけで、カスをとります。

そして、どろどろになった、とても旨そうな匂いのするコーンスープに、塩少量、バター少量、化学調味料、砂糖を入れ、火にかけて、適宜の温度にあたため、洒落た紅茶茶碗に注ぎます。その旨さは、舌もとろけるばかりですが、惜しいことに、生の玉蜀黍は夏の間だけで、冬になったら、罐詰のものを流用するしかありません。

＊

いろいろの料理を、私の発明料理と言って、さんざん自慢して来ましたが、考えて見ますと、料理と言うものは、一番最初に或る料理法を考え出したときには、どんな料理も発明料理であった筈です。生のままの野菜、生のままの鳥獣、魚肉ばかりを食べていた原始時代の人間から、それらを煮たり焼いたりあぶったり、塩漬にしたり粕漬にしたり、その他、凡《あら》ゆる料理法を考え出した最初の人の発明料理を、それぞれに真似をし、受けついで行って、いまの時代の複雑な料理が出来るようになったのではないでしょうか。

どうか、みなさま。私のこれらの発明料理も、またか、うるさい、などとお思いにならずに、どれもこれも一度は真似をして見て下さい。

しば海老の二度あげ

肴屋で、皮のついたままのしば海老を、三百グラムか五百グラム買って来て下さい。皮が剝がれたり、首がとれそうになったりしない、しっかりした、生きの好いのを見つけてね。まずじゃぶじゃぶと水洗いして籠に移し、あの、もつれたような長いひげを鋏で剪《き》り取ります。サラダオイルで揚げるのですから、ふきんでよく包んで水を拭きとったものの上に、塩をほんの少し混ぜた片栗粉をぱらぱらと振りかけ、サラダオイルでからっと揚げるのです。

一度あげたものは紙箱か網の中へとって、しまっておきます。さァ食べると言う直前に、一人前六、七尾ずつ、もう一度あげ直すのですが、決してこがしたりしてはなりません。頭も尻尾もそのまま、かりかりした歯応えのあるその旨さは、喩えようがありません。私の家では五百グラムくらいを平気で一度あげをしておいて、冷蔵庫に入れておき、必要なときに小出しにして二度あげします。簡単明瞭で誰にでも出来る、こんなに旨くて便利なものはありません。
但し、言うまでもないことですが、最初の海老の鮮度がものを言いますからね、
ぜひ、生きの好いものを見つけて来て下さい。

大根下しの酢の物

前にも幾度となく書きましたが、私の家では酢の物を作るときの用意に、酢の物の中にまぶす酢をちゃんと味つけして、湯呑みのようなものに入れ、ラップで蓋をして、冷蔵庫の中に入れておきます。朝、昼、晩、必ず一種類は酢の物を作るのがきまりなのですから。

まず、ひらめか鯛の切身を一きれ買って来て、いつでも冷凍して置きます。必要のとき、かちかちに凍ったのを出して、小口から薄く薄く、鰹節をけずるようにしてけずり、それをレモン酢の中に入れて、塩、砂糖、化学調味料を入れ、好い味にしたものを湯呑みのようなものに入れて、冷蔵庫に保存しておき

ます。この酢の物の種が凡ゆる酢の物料理のもとですから、湯呑みに入れて保存しておくと、とても便利です。

青首大根と言う大根の、青い首のところは辛くなくて、とても旨いですね。あそこのところを下し金で下して、下したまま、大根から出た水分を一滴もこぼさないようにして、前の酢の物の種をほんの少し入れ、まだ少し味がきつかったら、砂糖をほんの少し入れ、酸いのか、甘いのか、はっきりは分らない、円やかな味に直して下さい。それに、生のままの、いくらの赤い粒々を入れて混ぜたら出来上り。酢の物の種を前もって作っておいたら、たった五分間で出来上る旨い酢の物ですから、お試し下さい。うちでは朝食の食膳に欠かせないものです。

長芋の酢の物と煮〆

この間よそから、太い長芋を貰いました。貰った瞬間に、酢の物を作ろう、と思いました。長芋でなくても、やまと芋のさきの方の、白いところでも酢の物は出来ます。或いは、やまと芋の方が旨い、と言う人が大勢いると思うけれど、私はどっちかと言うと、この長芋の酢の物の方がさっぱりして好きなのです。皮を剝いて、細い、薄い繊切りに切ります。出来るだけ細く、薄く切る。四センチくらいの長さに切ります。長さを揃えて、そうっと皿に盛り、その上から、前に用意しておいた酢の物の種を冷蔵庫から出してかけ、円やかな味かどうか、ちょっと嘗めて見ます。

別に生姜の、極く若いのを選んで、細かく刻んだものに梅酢をかけておきます。私の家では、この梅酢も自家製のものがあります。生姜はじきに赤く染まります。この紅生姜を長芋の揃えて切った中ほどへ、ちょこんと乗せる。それで出来上り。

長芋はこれまで書いたかぼちゃの煮〆と同じように、好きな、厚目の形に切り、サラダオイルで揚げておきます。そして、これもほかの煮〆と同じように、百グラム千二、三百円くらいの上等の牛肉と一緒に油いためのようにして、醬油、酒、砂糖、化学調味料だけで水気を加えず、こがさず、さっと煮つけて出来上り。

こんにゃくの煮〆

こんにゃくには白っぽいのと、黒ずんだのと二種類あります。煮〆にするには、黒ずんだ方が旨いですね。一、二枚買って来て、端から三ミリくらいの薄さに切り、切ったのを一つ一つ平たく列べて、縦に中ほどにちょっと庖丁のさきで切れ目を入れ、その切れ目の穴に端を入れてくるりと引っくり返す。この方法を私たちは子供の頃から見よう見真似でやっていますが、この頃の若い人たちは知らない人があるかも知れません。そう言う格好をしたこんにゃくをさっと茹でる。茹で上ったのを、またから鍋で煎って水気をとってから、例の通り上等の牛肉を入れ、サラダオイルを入れて、またよく煎る。こんにゃくはすっかり水気がなくなっています。そうなったこんにゃくに醬油、酒、砂糖、化学調味料を入れて、濃い味付で煮上げたものの上に、干した唐辛子をこんにゃく一枚に半本くらい、みじんに切ってぱらぱらと振りかける。ぴりっと唐辛子が利いていますが、決して舌を刺すほどではありません。これがこんにゃくの煮〆かと思うほどに旨いのですから、堪えられません。

鮭のオイル漬

いつか萩原葉子さんから、吃驚するほど旨い鮭を送って貰いました。送った店は北海道の釧路です。私はいつでも送り主には内緒で、送って来た店の荷札をとっておくのです。その鮭があんまり旨かったので、萩原さんには内緒で、その店へ直接に電話をかけて送って貰いました。とり立ての生きた鮭を飛行便で送って来たのです。舌も千切れるほど旨い筈です。但し、吃驚するほど値段も好い。

こんな鮭を飛行便で取り寄せて食べているとは、何と言う生意気なことでしょう。実のことを言うと、私はたびたび、この欄で、このオイル漬のことを書きたいと思い、そのたびに止めました。そんなものを食べている、と書くのが、いかにも大人げがないと思われたからです。しかし、今度は、ええい、と思って書くことにします。

「胃袋は二つとはないのだから、旨いものしか食べない。」いつでもそう言って平気でいる私です。このオイル漬だけ遠慮したって仕方があるものか、と言う訳です。若い頃から酒ものまないし、煙草も喫《の》まない。いまになると恋愛もしないし、何一つ贅沢な買物もしなくなったこの頃です。鮭のオイル漬くらい作ったって何のことがあろう、と思うことにして、つい、昨日も釧路から生鮭を送って貰いました。うちの台所は大騒ぎです。狭い台所で、あの大きな鮭を二つにして切るのです。そして、割合に細かく、一切れを三つか四つにまた切って、大きな弁当箱ほどのパックの中に、三分の一くらいサラダオイルを入れ、それに醤油と酒を同分量、砂糖を入れ化学調味料を加えた中に、細かく切った鮭の身をとっぷりつけておきます。つけた翌日から食べられますが、四、五日くらい置いたところが一番おいしい。あんまり焦がさないように気をつけて焼くのです。その旨いこと、舌もとろけるようですが、勿体ないからあんまり食べ過ぎないように小さく切っておくのです。「こんなに小さくっちゃ、食べた気がしませんよ。もっと大きな切身を食べたい」などと、言う人があるくらいです。

＊

一体に私の料理法は、何が何グラムと、正確な目方を言いません。何でも彼でも目分量。この目分量で、旨いと思う自分の味を作ることが眼目だからです。料理はやればやるほど旨いものが作れます。一日も台所から離れないようにして下さい。

黒豆の柔か煮

私は毎年、丹波のささ山と言うところから、それは太い、えんどう豆ほどもある大きな黒豆を取り寄せます。丹波のささ山のでなくても、普通の黒豆でも宜しい。豆を三合くらい水洗いして、それにだし昆布の小さく鋏で切ったものを混ぜます。豆も昆布も、かちかちに固いままで、大きなポットの中に入れ、夜寝る前に、上から熱湯をかけて蓋をしたまま、朝まで置きます。一つ、つまんで食べてごらんなさい。それは吃驚するほど、とろとろに柔かになっていますが、それをまた、その上から熱湯を注いで、また七、八時間そのまま蓋をしておきます。最初に入れただし昆布はもうとろけて了って、影も姿も見えません。そうなったものを、そうっと鍋にうつして、醤油、酒、砂糖、化学調味料と、例によって同じ加減の調味料を入れて、とろ火で暫《しばら》く煮たら出来上り。この煮豆の旨いことと言ったら、何にも喩えようがありません。

しかし、この黒豆の柔か煮は、全部が全部私の発明ではないのです。私の助手の家の、おばあちゃんから教わったと言うのですが、おばあちゃんの言った通りに、一晩だけポットに入れるのでは、あとで味つけすると、豆が少うし固くなるのです。それでもう一度、熱湯をかけて七、八時間おいておくと、ほら、あのお豆腐の豆のように柔かになる。この二度ポットに入れると言うのだけが、私の発明なのですが、何でも構わない。やった上にもやって見て、飛びきりに旨いものを作って見て下さい。

＊

繰り返して言いますが、お料理を作るくらい愉しいことはありません。その昔、私の親友であった宮田文子さんは、東京にいるときの定宿であった帝国ホテルから、青山の私の家まで、いつでもてくてく歩いて来るのですが、いつでもうちに着くと、「宇野さん、今日はそのさきの八百屋で、こんな小芋がめっかったのよ。ただの里芋ではない、こんな小芋……」などと言って、早速うちの台所でことことと煮始めるのです。「料理は作り方じゃなくて、材料。好い材料を見つけなきァ……」などと言ったものです。十年も前のその声が、いまでも聞えるようです。

胡瓜の冷蔵庫漬

これは、そんじょそこらの胡瓜の漬物ではありません。教えるのが惜しいくらいに旨い漬物ですから、あなたもこれをお読みになったら、決して人に教えてはなりません。決して人には教えたくならないほど、旨い漬物なのですから。前に蕪や大根や瓜の粕漬を書きましたが、これはちょっと変えた、胡瓜の粕漬です。

まず、生きの好い、柔らかい、細い胡瓜を五十本ほど見つけて来て、桶の中に列べ、塩を振っては列べて、押し蓋をし、この頃、デパートなどで売っている六キロの重石を二個、合計十二キロの重石をのせて、押しをします。「これでは塩辛いかな、」と思うくらいに多い目に粗塩を振って、押しをします。塩が多いから、一昼夜くらいそのままおくと水が出て、押し蓋の上までつかるくらいになりますから、それから重石をとって、胡瓜を一つ一つ、丁寧に水気を拭きとります。

別に、ほら、この頃売出している白いプラスチック製の洗い桶で、楕円型の一角を直線にそいだような形のがあるでしょう。あの洗い桶を用意しておいて、酒の粕でつけるのです。砂糖七百グラム、化学調味料をよく混ぜ、みりん二合で溶いて、酒の粕にまぜ、ちょうどねっとりして胡瓜を漬け込むのに具合のよい固さにこねておきます。そして、このビニールの洗い桶の中に、この混ぜ合せて溶いた酒粕をしき、その上に胡瓜を列べ、また粕をしき、こうして繰り返して全部漬け終ったら、ラップ紙で蓋をして、そのまま冷蔵庫の中に入れて置くのです。

酒粕の中に混ぜるとき、こんなに砂糖を入れても好いものか、と吃驚しないで下さい。ちょうど旨い味になること請合いですから。冷蔵庫に入れてから四、五日たったら、もう食べられます。それは香ばしい、ひんやりとした、何とも言えない旨い漬物が出来上っているので、全く吃驚して了います。決して、人に教えてはなりませんよ。

また、この胡瓜のほかに、全く同じ方法で、蕪、蕪の茎なども漬けられます。

どうぞ、これも合せてお試しになって下さい。

あなごのかば焼

生のあなごを十尾くらい、肴屋で見つけて来て下さい。一尾を三切れくらいに切って、楊枝の長いのをデパートで探して、一切れのあなごに二ヶ所くらい刺して、いつでも焼けるように用意をして、ラップ紙に包み、冷凍して置きます。

まず、かばやきにする汁を作っておかなければならないのですが、この汁には秘伝がある、と思わなければなりません。この間、新聞を読んでいましたら、神田の或る有名なうなぎの蒲焼屋の主人が、こう言っているのを見つけました。「もし地震があったら、うちでは、他の何も持って出るものはありません。このうなぎの蒲焼のたれの這入っている甕を、両手に抱えて持ち出しさえすれば、あとは何もいりません。」さもありなん、と思いました。徳川時代から先祖代々うけついで来た大事な大事なたれであるのに違いないのですから。

まあ、蒲焼のたれと言うものは、それほど大切なものです。うなぎではなく、あなごのたれでも、私はどうしようかと思いましたが、例によって私は、ええい、構ったことはない、好い加減に作ってやれとたかをくって、あなごの大きな身のところは惜しいから、尻尾の細いところだけをとって、細かく細かく、みじんに切り、それを濃いかつおだしと、砂糖、醬油、酒、化学調味料をたっぷり加えた汁の中に入れて、はじめはちょっと強火で煮て、あとは出来るだけのとろ火で、長時間、とろとろと煮る、ただそれだけのことなのですが、味を見ると、おや、これは、あの神田の有名なうなぎ屋のたれにも負けないほど、とろっとした旨いたれが出来たじゃないか、と例によって、大自慢になったものです。

さて、最初のあなごの切身に楊枝をさして平たくして、冷凍しておいたのを出して、まず冷凍をとかし、それから中火にかけて、裏表とも充分に焼き、さっきの大自慢のたれを塗っては焼き塗っては焼きして、こんがりと焦げ目が出来、たれが充分にしみて、てらてらと光り、たまらない匂いがしてきたとき、皿に盛ります。このとき、あなごから汁が垂れたら、大急ぎで、もとのたれの中に戻しておきますと、たれは一層濃くなり、たまらない旨さになります。勿論、このたれの這入った甕は、地震がゆれたら第一番に持ち出したくなること、請合いです。

牛蒡のから揚げ煮

私は野菜を煮るのに、何でも彼でも、この方法を用います。あく抜きをすると言って、ながい間、水につけておいたり、柔らかくすると言って、ながいこと、鍋の中でことこと茹でて、その茹でた水を捨てたりすることは決してありません。ながいこと水につけておくと、あくと一緒に野菜のほんとうの旨味が抜けて了いますし、柔らかにするために長時間ことことと煮て、その煮汁を捨てると、これも、野菜のほんとうの旨味が抜けて了います。あくは抜かない、柔らかにもしない。ではどうして野菜を煮るのでしょうか。

油であくも抜かない、ことことも煮ない、ただ皮を剝いたままの生の野菜を、油でから揚げするのです。牛蒡《ごぼう》は野菜の中でも、一番あくの強いものですが、このあくの強い牛蒡をただ皮を剝いただけで適当な大きさに切り、さっと水洗いしたものを、ふきんで、丁寧に水気をとります。そして、サラダオイルでから揚げしたものを鍋の中にとり、その上から、かつお節でとっただし汁をたっぷり入れ、砂糖、醬油、酒、化学調味料を加えた煮汁を、そうですね、牛蒡のから揚げした上に、三センチくらい冠るほどになった、たっぷりした煮汁の中に、例の通り、百グラム千二、三百円くらいの上等の牛肉を、三本の牛蒡の中に五十グラムくらい入れて、ことことと弱火で一時間くらい煮るのです。

すると、煮汁は殆んど牛蒡の中に吸い込まれ、なくなって、牛蒡だけになる、その間、決して焦げついたりしないよう、また、煮汁がなくなったりしないよう、煮汁を足し、足しして、よく注意しながら煮るのです。まァ、この煮上った牛蒡の柔らかく、おいしいことは、何にも喩えようがありません。

野菜を煮るのには、凡て、この方法に限ります。ながいこと水につけてあく抜きしたり、また、柔らかくするために、ながいこと茹でて、その茹でた湯を流して捨てたりするのは、野菜のほんとうの旨い味を凡て捨てて了うのです。あく抜き、ことこと茹でが野菜を煮るコツだと思い込んでいるのは、一種の迷信にしか過ぎません。

この牛蒡のほかに、蓮根、里芋などの野菜も、凡て、この方法で煮るのです。

私流のスイート・ポテト

このスイート・ポテトと言う菓子は、料理を習うときに第一番に習う、極く初歩の菓子だそうですが、私のところでは、菓子としてではなく、一種のデザートとして、毎食、必ず食膳にのぼす、重要な、きまりの料理として、作っています。毎食なのですよ。毎食、飽きずにこれを食べ、前にご紹介した、冷蔵庫漬の胡瓜の漬物を食べ、熱いお茶を飲む。これが済まなければ、食事をした、と言う気にはなりません。

さて、このスイート・ポテトを作り始めたのには、こう言う理由があります。

或る日のこと、三宅艶子さんから十キロばかりの甘藷《かんしょ》が送られて来ました。阿波の鳴戸の宿屋へ艶子さんがとまったとき、吃驚するほどおいしい甘藷が出たので、甘藷好きの私のところへ宿屋に頼んで送らせたものでした。

その甘藷のあまりの旨さに、私は三拝九拝して、その送り状の絵符《えふ》についていた宿屋に当てて、もう一度、同じ甘藷を送ってくれるように頼んでやりました。忽ち、また食べて了って、また頼んでやりますと、送るのが面倒臭かったのでしょう、さも、うるさそうに生返事をしますので、私は思い切って、そのことで、その甘藷の作づけをしている農家はどこのどう言う家か、しつっこく訊いて、やっとの甘藷を作っている農家の名前を聞き出すことが出来たのです。

それから後は一年中、なくなると頼み、なくなると頼みして、その農家とじか取引をすることが出来るようになりました。それくらい、追いかけ廻しても送って貰いたくなるほど、ほっぺたももげるほど、おいしい甘藷なのです。いつでも二十キロずつ送って貰うのですが、その箱の横に、甘藷の絵が描いてあって、鳴戸金時と言う名前が書いてあります。

その甘藷を、私のうちでは、ただ、ふかしたり焼いたりして食べるのではなく、全部、私流のスイート・ポテトを作るのに使います。まず、皮を剝いて、熱湯の中でさっと固いくらいに茹で、別の鍋でまたふかし、それから裏ごしをします。バター、塩、砂糖は少し控え目に、化学調味料をちょっと、卵の黄身と、バニラ・エッセンスを数滴入れて、銀紙の台紙の上に、卵形にまるめて列べておき、さァ、オーブンに入れて焼くと言うときに、刷毛で上側に卵の黄身を塗って艶出しにします。そして、一つ一つ平たいフライ返しでしゃくってオーブンに入れ、凡そ十分くらい電気を入れて、きれいな焦げ目がついたら、それで出来上り。簡単明瞭で子供にでも焼けるのですが、味のつけ方は決して甘くせず、あっさりすると、これが毎食のおかずになるのだから、不思議です。

私の家では、このスイート・ポテトを、一ぺんに三十個ばかり作って、菓子の空箱かなにかの紙の箱の中に重ねて入れたものを、冷蔵庫の中に入れておきます。

それを食べるときに二つか、三つずつ出して、レンジで三十秒くらい温めてから、毎食ホクホクのポテトを食べています。

皆さんもぜひ真似をして下さい。

＊

さて、どの発明料理も、凡て自慢たらたらで書いて了い、まことに恐縮です。しかし、私のお教えしたような旨いこと請合の食べ物を食べると、生きていることの喜びを感じます。その反対に、まずいものを食べると、何のために生きているのか分らなくなる、と言ったら、人に笑われるでしょうか。

■巻末付録

弔辞

宇野千代先生

お通夜に拝んだお顔はまるで観音様のように美しく崇高で、しかもこよなくはなやかでいらっしゃいました。望ましい死顔で死にたいとおっしゃっていられたように、最后の最後まで、先生は御自分の願のすべてを果されて逝かれました。

あの日からもう二十日もたつというのに、私には先生の御霊の気配が濃く身ほとりに感じつゞけられています。

「宇野千代は小説家ですよ。ほかの何者でもないのよ」

あのちょっと高いはりのあるはなやいだお声が聞えつづけます。

本当に宇野千代先生は骨の髄まで小説家でした。

「わたしあなたと文学の話がしたいのよ」

身を乗り出すようになさる時は真剣な誠実さにあふれた美しい表情になられました。

アランの
「世にも幸福な人間とはやりかけた仕事に基づいてのみ考えを進めて行く人のことであろう」

ということばがお好きでした。

「マードックを読みましたか、ボーエンもいいですね。彼女たちの作品は知的あこがれを与えてくれますよ」

そんな時は永遠の文学少女のような純真なお顔でした。

「真似は恥しくありません。すべての芸術は真似から始まります。私今ある人の真似を始めたんだけど難しいねえ」

「誰のですか」

「ドストエフスキーです、『カラマーゾフの兄弟』」

笑い出せない生真面目な表情でした。

「私の書くものが金をとるのに適しないから、金は別のことで取るんです」

と晴れやかな笑顔でおっしゃいました。けれども「おはん」や「雨の音」をはじめ「生きて行く私」など大ベストセラーも出されています。

「『アドルフ』と『クレーヴの奥方』は百遍読んでもおもしろい」

「書くということは面白がらせることではない。読者にサービスしたものはどんなに売れても一級じゃない」

「『人形師天狗屋久吉』は、エッケルマンとゲーテとの対話のようなものを小説で書きたかった」

またある時、

「小説とはね、結局行きつく果はモラルと、そして宗教ですよ」

としみじみした口調でおっしゃいました。

男と女の話をなさる時は、芋や大根の話をするようにサバサバした口調でした。

「同時に何人愛したっていいんです。寝る時はひとりひとりですからね」

私が笑い出す前に厳粛な表情で、

「男と女のことは、所詮オス・メス、動物のことですよ。それを昇華してすばらしい愛にするのは、ごく稀な選ばれた人にしか訪れない」

とつづけられました。思い出せばとめどなくあふれてくる先生のなつかしいお言葉の数々です。

今頃、御自分のデザインのさくらのお振袖で、連日浄土で歓迎パーティが賑っていることでしょう。先生の愛し愛されたあの超一流の男性たちに囲まれて。文学と生き方によって人間の自由とは何かをお示し下さった宇野千代先生の決して死なない永遠の魂を心から祝福申しあげます。

ではまた文学のお話のつづきを聞かせて下さいますように、寂庵でいつもいつもお待ち申しあげております。

一九九六年六月二十九日

瀬戸内寂聴

宇野千代と歩いた花吹雪人生36年

藤江淳子

きちょうめんな方

もとより、凡庸な私などが宇野先生について、世間様にあれやこれやと申し上げるべきではないのかもしれません。特に先生の人生観や文学的評価については、瀬戸内寂聴さんを始めとして親交の深かった諸先生方が偲んでくださることが相応しいと思います。

しかし一方で、文学界のみならずファッション界で一廉《ひとかど》の人として評価を受けた先生と日常をともに暮らした者として、表には現われなかった部分について、今語っておかなければならないように感じるのです。例えば、ほとんど誤字脱字のない清書された完成原稿を編集者に手渡すので、先生はさも簡単にサラサラと書き上げられたかに思われるかもしれません。しかし、実は原稿になる前の莫大な数のメモや草稿があります。

元気なときの先生は、昼と言わず夜と言わずアイデアが浮かんだらスタイル社の便箋にすらすらと書きとめて、後で削って原稿用紙に書き直していました。きちょうめんな性格ですから、字数をかぞえて、五枚と頼まれればきっちり五枚になるようにしていました。そのメモが山梨県立文学館で行なわれた『宇野千代の世界』（一九九六年四月）で展示されていた膨大なメモ類だったのです。

このように、これまであまり語られたことのなかった先生の日常生活について、私なりの率直な言葉でお話ししたいと思います。

宇野先生との出会い

これまでいろいろな人から、

「三十六年間もよくお仕えできましたね」

と言われました。考えてみますと、もっともなことではありますが、それはひとえに私と先生との相性がよかったからではないかと思うのです。もちろん、それだけではそんなに続くものではありません。夫婦でも相性の善し悪しがあるように、先生と私の相性がよかったから、これほどまでに長くお仕えできたのだと思うのです。これも縁あってのことでしょうね、たった一冊の週刊誌に目を通したことが、私の人生を決定づけたのですから。

そもそも、先生のお世話をするようになったのは、週刊誌に載ったある記事を何気なく読んだのがきっかけでした。パラパラとめくった『週刊現代』の中に、当時、先生のご主人だった北原武夫先生が寄稿されていたのです。詳しい内容はもう覚えていませんが、お手伝いさんに関する一文で、その頃、私が常識的に考えていたお手伝いさんのイメージを打ち砕くようなものでした。

「お手伝いさんというものは、本来、何もできない人がやる仕事ではなく、秘書的なことから料理、洗濯、掃除を始め、あらゆることに臨機応変に対処できる能力を持った人でなければ務まらない仕事だ」

これを読んだ途端、頭を殴られたような衝撃が走り考えが一変しました。何もできないからお手伝いさんでも、と思ってましたが、お手伝いさんという職業は、何と素晴らしい仕事なんだろうと……。

そのとき、私は故郷の仙台で暮らしていましたが、母を亡くして、これからの人生を考える岐路でもありましたから、余計に感受性が高まっていたのかもしれません。そこで私は、お手伝いさんに挑戦することを心に決めたのです。

剝げかかった真っ赤なマニキュア

早速、『週刊現代』の編集部へ北原先生の住所を問い合わせて、先生のお宅へお手紙を差し上げました。

「お手伝いさんとしての働き口を紹介して頂きたい」

すると、どうでしょう。ほどなく、北原先生直々の返事が届き、

「すぐに上京しなさい」

とのことでした。私はてっきり先生が、どこかお手伝いさんの口を見付けてくださって紹介してくださるのだと思って上京してみたら、

「君は宇野のことをやってください」

　とおっしゃった。それ以来、宇野先生のお世話をするようになったのです。宇野先生六十二歳の年で、昭和三十四年のことでした。ここ東京・青山のお宅から青山通りに出て、当時の皇太子殿下と美智子様の馬車行列を見送ったことを印象深く思い出します。

　初めて宇野先生に会った印象は、一言で言えば質素。昭和十一年に創立したスタイル社が、その年の四月に倒産。貧乏生活でしたから先生もそんなに良いものは着ていなくて、綿入れの半てん一つをひっ掛けたつつましいものでした。私は、田舎で『女の日記』は読んでいましたが、そのときはまだことさら、先生を尊敬していたわけでもありませんから、わりと冷静に見ていました。

　先生の指先に目を落とすと真っ赤なマニキュアを塗り、それがちょっと剝げかかっていたのをハッキリと覚えています。

　お宅は木造の二階建てで一階には妹さんが住み、二階に先生が住んでいました。私の田舎では「御神楽《おかぐら》」と呼びますが、平屋に後から二階を増設した造りで、二階へは扉を開けて玄関のない脇階段をいきなり上がる格好になっていました。階段を上りきると台所と六畳の食堂があり、十畳見当の広間があるだけで、倒産前、ここはスタイル社・きもの研究所のデザインルームとして使っていたようでした。また、敷地内には別居結婚の形態をとっていた北原先生が住む離れと書院が別棟として造られていました。

宇野先生は、二階のその部屋で小説を書き、着物のデザインをやり、私も先生にデザインを習っていました。その当時は、先生もそうですが、私も好きだから深夜十一時、十二時までも仕事することが当たり前で、それがちっとも苦になりませんでした。

そんな毎日を送りながら先生は、スタイル社倒産で抱えた借金を返していたんです。皆さんは、小説が売れれば借金なんて簡単に返せると思われるでしょうが、純文学の小説なんて、そんなに簡単に売れるものではなく、着物のほうがはるかに儲かる良い時代だったんですね。

それから数年後の昭和三十九年、宇野先生は北原先生と離婚することになるのです。

巧みな発想の転換

その日は、出て行く北原先生を宇野先生と私のふたりっきりで、ただ、「さよなら」とだけ申して見送りました。宇野先生はそれっきりで、世間が誤解しているように、北原先生の後の生活にも特段構いだてするようなことは一切ありませんでした。お芝居や映画と現実とでは違っていました。だから、お芝居の『生きて行く私』のように離婚して、北原先生が出て行くときに泣いたなんてことはありません。もちろん、宇野先生の心根がどのようなものであったかは知る由もありませんが……。

でも私たち、ドラマやお芝居が「小説とは違う」と、ちょっと腹を立てて申し上げると、先生はゲラゲラ笑って、

「何をそんなに怒ってるんだい。あれはお芝居だよ。原作が私の手から離れて脚本家の手に移ったら、それはもう脚本家の自由だよ。それが厭なら、原作を売らないことだね」

と、さばさばとおっしゃってましたね。と同時に思ったのは先生の性格は実にさっぱりしたもので、私などはしばしば、

「プライドをちょっと横に置きなさい。怒るのはプライドが邪魔しているからだよ」

と諭されたものです。それでも、私たち先生の下で働いている者が、カリカリしていると察したときには、

「お寿司でもとって、今日は早く寝なさい」

と気遣ってくださいました。すると、一日時間をおいただけで不思議とイライラが消えてしまうものですね。凝り固まっていた考えに柔軟性が出て、発想の転換ができるんです。先生は、そんな発想の転換をうまく行なえる人でしたね。

話を戻して、今考えると宇野先生と北原先生は、お互い夫婦であると同時に文学上の作品を批評する間柄としての関係が大きかったように思えるのです。だから、離婚してからも作品を発表すると玄関の電話が鳴って、作品の善し悪しをお互いに批評し合っていましたが、私はその姿を見て、

「人間は離婚してからも、あるいは場合によっては離婚してからのほうが、ずっと良い関係が築けるんだなあ」

とも思いました。

ただ唯一、北原先生が病気になられて湿疹が出たと聞いたときには、知り合いから、

「湿疹のかゆみは、ぬか袋で治る」

とアドバイスされて、私と先生と二人でぬか袋を縫ったことはありました。

それでも奥様を傷つけないようにと細心の注意を払って、それとなく私にそのぬか袋を届けさせたことがありました。

私はこんな性格ですから、お世話になった北原先生が、宇野先生のところに忘れていった品物を後で届けたり、北原先生のちょっとしたお使いを引き受けたりすることは時々ありましたが。

先生に叱られたという記憶はまったくありません。ただ、北原先生と別れたあと、那須に別荘を建てることに熱中しました。初めは一間だけの家でしたが地元の大工さんに頼んで、安普請でどんどん建て増しをしていました。青山二

郎さんに、まるで万博のパビリオンみたいだとからかわれるほどでしたから、私も「また建てるんですか」、むだ金だと意見めいた口をきいたこともあります。しかし、いま考えてみると、北原先生とのことを忘れるために、那須の別荘造りに熱中したのだと思いますし、そこから作品も生まれたのですから、あれでよかったのだと納得しています。

華麗なる交遊関係

先生の交遊関係を振り返ってみますと意外に文壇の人たちとのお付き合いが少なかったように思います。それよりも、デザイナーの三宅一生さんや、演出家の龍村仁さん、そして写真家の大倉舜二さんなどのような芸術家の、しかも年齢で言えば四十五、六歳以上の働き盛りの男性に知り合いが多かったですね。もちろん、『青山二郎の話』として作品にもなった美術評論家の青山二郎さんなどのように、むかしから家族ぐるみのお付き合いをしていた人もいましたが、青山さんたちも亡くなって、最近は、先生よりうんと年下の働き盛りの男性とお付き合いすることを楽しみにされていました。

「若い人は生きがいい、というのが先生の口ぐせでした。

「若い人は生きがいいってことだから、何でもやらせたらよい。　歳をとるとしたいこともできなくなるのだから」

三宅一生さんと知り合ったのは、NHKテレビで放送されていた一生さんのショーを見た先生が、

「とてもきれいだ、布地のカットがなんとも言えず素晴らしい！」

と絶賛されて、直接、お手紙を差し上げてからです。それ以来、仲良しになりました。

龍村さんとはどんなきっかけで知り合ったのが、ちょっと忘れましたが、なにしろ以前、出演した西武百貨店の三分間CMや、先生の日常を追ったドキュメントフィルムも龍村さんが撮ったものでした。そうそう、俳優の西岡徳馬さんとも親しくされていましたね。

その一方で、ご近所の商店街の人たちとも親しくお付き合いされていました。先生はギックリ腰を患う前には、自分で花屋さんへ行っては、お店のお兄さん

と喋ったり、魚屋さんに出掛けて行ったりするなど長者丸商店街の人たちと大変馴染んでいました。ですから、ついこの間まで先生の手を引いて、大好きだった商店街の盆踊りを見に行ったりしていました。

民謡が好きだった先生のためにクリーニング屋のおばさんと、

「百歳のお祝いは、何もホテルでやらなくても、商店街で夏祭りのように屋台をいっぱい出して祝うのもいいわ」

などと話をしたものでしたが。

きれいごとだけでは済まない介護

先生が亡くなってからは、近所のピーコックストアに買い物に行っても、花屋さんに行っても、クリーニング屋さんに行っても、以前と何一つ変わったことはなく、青山の街は、夏の日ざしをあびて、みんな明るく見えます。どうしてウチだけが変わってしまったんだろうと思うことがしばしばです。そう考えるといっそう悲しみが募るのです。

いつもいるはずの人が亡くなるというのは、本当に寂しいものですね。私は夫を亡くし、そして宇野先生を亡くしました。

先生の存命中は、

「先生が亡くなったら、私はひとりで暮らしていけないのではないか」

と思うことがよくありました。そうなった時には誰かに泊まりに来てもらいたいと思ったものです。でも、現実にはそうではありませんでしたね。昼間、いろいろな人に会い、気を張り詰めてデザインの仕事をこなしていると、せめて夜ぐらいは自分をさらけ出す時間が欲しいと思うようになりました。

「泣きたいときに思い切り泣ける時間が欲しい」

食事ひとつとっても、人がいれば簡単に済ますこともできません。それに、このつらいときを乗り越える努力をしなければ、いつまでも人に甘えたままで終わってしまいますからね。

また、台所のいつものテーブルの位置に座っている人がいなくなった寂しさ。

そして夜になると私は、いつも先生のベッドの下で休んでいましたが、夜中にハッと目が覚めても、

「もう先生が転ばないようにと細心の注意を払いながらお手洗いに付き添う必要がないんだ」

と思うと同時に寂しさと安心感とが交錯して、あの何気ない毎日が実は大切な日々だったんだと思い返されるのです。

瀬戸内寂聴さんたちから、

「宇野さんは幸せだったわね」

と言われましたが、私にしてみれば、本当にそう思ってよいのか、迷いのような気持ちがフッと過ぎることもあります。つまり、先生の異変にもっと早く気が付いていたなら状況は違っていたのかもしれないと今さらながら思うからです。あと一ヵ月、いやもう十日早く虎の門病院へ運び込んでいたならと……。

でも、一つだけ言えるのは、きれいごとだけでは介護はできなかったということです。先生に生活能力がなければここまでのことをしてあげられなかったということは事実です。とはいえ、先生もそんなに財産があるわけではなく慎ましく暮らすのに不自由がなかったという程度ですね。そうでなければ、私たちが外で働かなくてはいけませんから介護できなかったですね。

＊

青山斎場の告別式では、先生の大好きだった桜の花びらを散らせましたが、それは先生が、

「自分にはもちろん幸福の花びらを撒きたいし、他人にも幸福の花びらを撒いて、他人の幸福をも考えられる境地に到達したい」

というのが念願だったからです。

先生が亡くなって今さらのように、先生の心根が身に染みて感じられる毎日なのです。

（ふじえ・あつこ　宇野千代・秘書）

［『婦人公論』一九九六年十月号］

底本・初出一覧（初刊＝中央公論社）

『或るとき突然』中公文庫、一九八四年十月刊（一九八一年十月）
暮しの中の私　『別冊婦人公論』一九八一年一月
私の文章作法　『婦人公論』一九七八年十一月臨時増刊、『別冊婦人公論』一九八〇年七月、十月
私の発明料理　『婦人公論』一九七八年一月〜八一年一月「食べものばなし」
『私はいつでも忙しい』中公文庫、一九八八年二月刊（一九八四年十月）
私はいつでも忙しい　『別冊婦人公論』一九八三年四月
ちょっとイカス話　『別冊婦人公論』一九八三年七月
『しあはせな話』中公文庫、一九九五年一月刊（一九八七年五月）
私の晩年　『別冊婦人公論』一九八五年十月
嬉しさ余って大狼狽　『文學界』一九八六年二月
私の昭和史とは　『中央公論』一九八七年四月
『一ぺんに春風が吹いて来た』中公文庫、一九九四年三月刊（一九八九年六月）
よい天気　『別冊婦人公論』一九八七年七月
自慢の種がひとつ減った　『別冊婦人公論』一九八八年一月

私はぞっとした　『別冊婦人公論』一九八八年七月
私はしあわせ、昔もいまもこれからも…　『ポスト』一九八八年一月
陽気は美徳、陰気は悪徳　『ポスト』一九八八年二月
この秋で私は満九十一歳　『みどり』一九八八年十月
『私は夢を見るのが上手』中公文庫、一九九六年九月刊（一九九二年十二月）
私は夢を見るのが上手　『別冊婦人公論』一九九〇年一月
愉しい好きなことだけを　『愛S』一九九一年十一月
気に入った笑顔　『別冊婦人公論』一九九一年七月
人生とは、行動すること　日本生命CM
欲望の整理　「東京新聞」一九九二年五月十二日
ごく自然に　『すばる』一九九二年九月
『不思議な事があるものだ』中公文庫、一九九九年九月刊（一九九六年七月）
待つことの人生　『文學界』一九九三年一月
私と麻雀　『すばる』一九九四年一月
好きな人が出来たときが適齢期　『GQ』一九九四年一月
自然だけではなく人間も変った　『中央公論』一九九四年六月
天狗久と私　『週刊朝日』一九九六年一月六日・十三日

編集付記

一、本書は中公文庫より刊行の著者の作品集を底本とし、再編集したものである。中公文庫オリジナル。

一、仮名遣いを新仮名遣いに改め、明らかな誤植と考えられる個所は訂正した。また難読と思われる語には新たにルビを付した。

一、本文中、今日の人権意識に照らして不適切な語句や表現が見受けられるが、著者が故人であること、発表当時の時代背景と作品の文化的価値に鑑みて、底本のままとした。

中公文庫

九十歳《きゅうじゅっさい》、イキのいい毎日《まいにち》

2023年3月25日　初版発行

著　者　宇《う》野《の》千《ち》代《よ》

発行者　安部順一

発行所　中央公論新社
〒100-8152　東京都千代田区大手町1-7-1
電話　販売 03-5299-1730　編集 03-5299-1890
URL https://www.chuko.co.jp/

DTP　嵐下英治
印　刷　三晃印刷
製　本　小泉製本

Published by CHUOKORON-SHINSHA, INC.
Printed in Japan　ISBN978-4-12-207336-4 C1195

各書目の下段の数字はISBNコードです。978-4-12が省略してあります。

中公文庫既刊より

う-3-7
生きて行く私
宇野千代
〝私は自分でも意識せずに、自分の生きたいと思うように生きて来た〟ひたむきに恋をし、ひたすらに前を見つめて歩んだ歳月を率直に綴った鮮烈な自伝。
201867-9

う-3-17
青山二郎の話・小林秀雄の話
宇野千代
稀代の目利きと不世出の批評家を無垢の眼で捉えた全文集。両者と大岡昇平による著者をめぐるエッセイを併録。文庫オリジナル。〈解説〉林秀雄・宇月原晴明
206811-7

せ-1-9
花に問え
瀬戸内寂聴
孤独と漂泊に生きた一遍上人の俤を追いつつ、男女の愛執からの無限の自由を求める京の若女将・美緒の心の旅。谷崎潤一郎賞受賞作。〈解説〉岩橋邦枝
202153-2

さ-18-7
男の背中、女のお尻
佐藤愛子
田辺聖子
女の浮気に男の嫉妬、人のかわいげなどを自在に語り合い、男の本質、女の本音を鋭く突いた抱腹絶倒の対談集。中山あい子、野坂昭如との鼎談も収録する。
206573-4

さ-61-2
寄り添って老後
沢村貞子
八十一歳で女優業を引退した著者が、自身の「老い」を冷静に見つめユーモラスに綴る。永六輔との対談「お葬式を考える」を増補。〈巻末エッセイ〉北村暁子
207207-7

さ-61-1
わたしの献立日記
沢村貞子
女優業がどんなに忙しいときも台所に立ちつづけた著者が、日々の食卓の参考にとつけはじめた献立日記。工夫と知恵、こだわりにあふれた料理用虎の巻。〈解説〉平松洋子
205690-9

い-116-1
食べごしらえ おままごと
石牟礼道子
父がつくったぶえんずし、獅子舞にさしだした鯛の身。土地に根ざした食と四季について、記憶を自在に行き来しながら多彩なことばでつづる。〈解説〉池澤夏樹
205699-2